luftschacht

1. Auflage 2017
2. Auflage 2018
3. Auflage 2024

luftschacht.com

Umschlaggestaltung: Michael Roher
Lektorat und Satz: Luftschacht
Druck und Herstellung: Finidr s.r.o.
ISBN: 978-3-903081-19-2

Michael Roher

Tintenblaue Kreise

Luftschacht Verlag

Wenn ich an Phillip denke, enden meine Gedanken immer öfter mit einem Fragezeichen.

Drei Wochen habe ich jetzt schon nichts von ihm gehört.

Drei Wochen, seit das mit Tenka passiert ist.

Die Sonne knallt vom Himmel und verbrennt mir den Nacken, während ich da sitze, am Strohhalm meines Eistees herumkaue und mich frage, ob Phillip seine Sprachbox eigentlich abhört.

„Hast du meine Nachrichten bekommen?“, will ich ihn fragen.

„Hast du meine Elfenschrift im Baum gesehen?“

Oder: „Weißt du noch, das Serviettenschiff, das du gefaltet hast? Ich habe es *Malakoff* getauft und bei mir oben aufs Fensterbrett gestellt. An manchen Tagen kann es von dort aus sogar den Fluss riechen.“

Aber Phillip ist nicht da.

Hebt nicht ab. Ruft nicht zurück. Ist einfach weg.

Und ich sitze draußen vor dem Café Leguan, schaue den Eiswürfeln im Glas beim Schmelzen zu und versuche zu verstehen, was das alles soll.

Aber vielleicht fange ich besser von vorne an ...

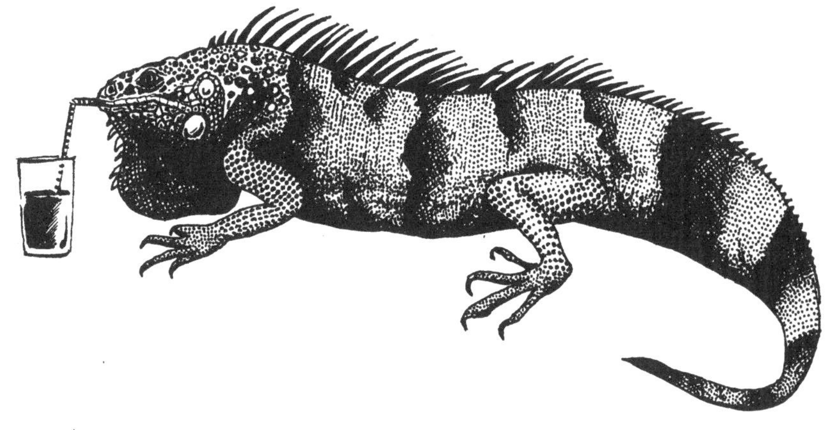

Teil 1

1

Biene.

Das bin ich.

Biene Sabine Mütz.

Sternzeichen: Skorpion.

Lieblingsspeise: Radieschen.

Zweitbeste beim Papiertellerfrisbeeweitwurf.

Begeisterte Kritzelkünstlerin.

Und das wunderbarste Kind der Welt. Das behauptet zumindest Mama. Und Papa.

Und auch der alte Jockel sagt: „Biene Sabine, du bist das wunderbarste Kind der Welt!“

Und dann grinst er verschmitzt und streut großzügig Zucker auf die Milchschaumhaube seines Kaffees.

Der alte Jockel ist Stammgast hier bei uns im Café Leguan.

Jeden Tag kommt er gleich in der Früh, setzt sich an seinen Fenstertisch, schlürft heißen Kaffee und schaut auf die Straße hinaus. Liest Zeitung oder spielt Mühle – mit Frau Almut, wenn sie da ist. Oder mit Biene Sabine, also mir. Oder alleine, wenn Biene Sabine gerade keine Zeit hat. Wenn Biene Sabine nämlich zum Beispiel Hausaufgaben machen muss, oder gerade Mamas neue Schlagzeugtrommeln ausprobiert, oder zum Hafen spaziert, um die Möwen zu füttern.

Oder wenn Beere kommt.

Beere kommt am Mittwoch.

Mittwoch ist Bandprobe.

Beere winkt Papa und bestellt: „Einmal Pfefferminz mit Milch, bitte!“

Papa nickt und gießt grünen Sirup in ein Glas.

„Zahnpastasaft für den Herrn, kommt sofort!“, sagt er, rührt noch Milch dazu und reicht mir die Mixtur auf einem kleinen, silbernen Tablett, damit ich sie servieren kann.

„Mmh. Vielen Dank, Biene!“

Beere nimmt einen Schluck und wischt sich mit dem Handrücken über die Lippen.

„Wow! Das Zeug ist echt gefährlich gut. Ich glaube, ich bin schon süchtig!“

Und dann zieht er einen Stuhl herbei und fragt:

„Hast du Zeit?“

Ich nicke glücklich, weil ich weiß, was jetzt kommt.

Es ist unser Ritual.

Ich setze mich neben ihn und fische meinen Kugelschreiber aus der Hosentasche.

„Magst du was Bestimmtes?“

„Hm.“ Er überlegt. „Vielleicht was mit Meerestieren?“

Manchmal sitzen wir dann über eine Stunde und Beere schaut mir zu, während ich seinen Unterarm mit Figuren, Mustern und Ornamenten verziere, bis keine freie Hautstelle mehr zu sehen ist.

„Voll cool!"

Beere schnalzt begeistert mit der Zunge. Begutachtet mein blaues Kunstwerk.

Sagt was von wegen, dass er sich von nun an so lange nicht mehr waschen wird, bis ich groß bin und eine echte Tätowiererin.

Und dann sage ich, dass er sich aber bitte doch waschen soll, weil er sonst zu stinken anfängt und weil ich ja außerdem noch viel üben muss, damit ich richtig gut werde.

„Und dazu brauche ich deinen Unterarm jeden Mittwoch wieder frisch und unbemalt!"

„Ist okay, Biene", verspricht Beere und wuschelt mir durch die Haare.

Mama meint ja, ich bin ein bisschen verliebt in Beere, aber das ist Blödsinn.

Also vielleicht ein gaaaanz kleines bisschen, aber sicher will ich den nicht küssen, so wie Mama den Papa mit Zunge und Augen zu – uuuaah, igitt!

Vielleicht ist es mehr so wie bei Shirin aus meiner Klasse und Justin Bieber.

Shirin hat Poster an ihrer Zimmerwand und überm Bett. Alles Bilder von Justin Bieber. Da sitzt sie dann davor und findet den einfach so süß und cool und schmachtet ihn an.

Und ich finde Beere süß und cool und schmachte ihn an, weil Beere Gitarre spielt, in Mamas Band, und mich bei seinem Gummizeug mitnaschen lässt. Er riecht gut nach Lavendelöl und hat auch schon ein paar echte Tattoos. Aber Beere sagt, dass er seinen einen Unterarm extra für mich reserviert und dass ich das Zeug zu einer Weltklasse-Künstlerin habe. Und vielleicht fährt er mir durch die Frisur dabei, so wie jetzt, und ich werde rot, weil es sich einfach gut anfühlt.

Beere wohnt nur zwei Straßen weiter, mit seiner Freundin Linda und seinem Sohn Jan.

Manchmal bin ich dort zu Besuch und wir kochen Spaghettinudeln mit roter Sauce, oder spielen mit Jans Kasperlfiguren. Oder wir fahren zum Fluss, machen Lagerfeuer. Grillen Äpfel.

Und jeden Mittwoch freue ich mich darauf, dass er kommt, sich von mir seinen Pfefferminzsirup servieren lässt und mir dann seinen Arm zum Bekritzeln hinhält.

So wie heute. So wie jetzt.

„Erkennst du es?“, frage ich. „Das ist ein Tiefseefisch.“

Ich fahre mit dem Finger die Umrisse auf seiner Haut nach.

„Da der Schwanz und die Flossen. Und da der Kopf.“

„Ah ja“, sagt Beere.

Doch ich bemerke, dass er gar nicht richtig hingesehen hat.
Gedankenverloren nippt er am Zahnpastasaft. Schaut zur Tür.

Aus seiner Jacke klingelt es.

Er tastet nach dem Handy.

„Lässt du mich mal kurz?"

Und geht.

Ich sehe ihn durchs Fenster die Straße rauf und runter wandern, das Telefon am Ohr.

Der Anruf kommt aus dem Spital. Aber das weiß ich natürlich nicht.

Dass etwas mit Jans Herz nicht stimmt. Dass ich Beere eine ganze Weile nicht sehen werde.

Von alledem habe ich jetzt noch keine Ahnung.

Trotzdem muss ich es erzählen.

Wegen der Sache mit Phillip nämlich.

Denn das mit Jans Herz, das war der Anfang.

Damit hat alles begonnen.

2

Papa sagt, er habe Mama auf dem Meer kennengelernt.

Papa war Koch auf einem Schiff, aber die Geschichte, wie Mama und er sich zum ersten Mal begegnet sind, ist jedes Mal anders.

Heute ist Sonntag und heute geht sie so:

Es war einmal ein gut aussehender, junger Koch namens Jonas Mütz (das ist Papa), der fuhr auf einem alten Kutter über die sieben Meere.

Eines nachts auf offener See geriet das Schiff in einen schweren Sturm. Wellen hoch wie Wolkenkratzer brachen darauf nieder und zogen es bis tief unter das Wasser. Und Jonas wäre beinahe ertrunken.

„Aber da war sie – eine bezaubernde Meerjungfrau namens Svenja Olavson, mit langem, blondem Haar und prallen Brüsten."

„Jonas!", mahnt Mama und verdreht die Augen.

„Was denn?" Papa tut unschuldig. Mama grinst.

Papa fährt fort: „Also, eine wunderschöne und gut gebaute Meerjungfrau kam angeschwommen und rettete dem hübschen Jüngling das Leben."

Und diese Meerjungfrau, das war Mama.

Und da haben sie sich unsterblich ineinander verliebt, also Jonas und Svenja Olavson.

Und später am Strand hat Svenja ihre Schuppen abgelegt und beschlossen, von nun an ein Mensch zu sein.

„Das geht", sagt Papa. „Meerjungfrauen können das. Die streifen ihren Fischschwanz ab und dann haben sie Beine. Und was für Beine. Lang und schön waren die."

Papa schnurrt, schaut Mama mit so einem Blick an und dann sagt er, dass Svenja und Jonas sich wirklich leidenschaftlich begehrten.

„Deshalb hatten sie auch viel heißen, wilden und feurigen ..."

„Papa!" Ich presse die Augen zusammen und halte mir die Ohren zu. „Musst du das immer machen?"

Mama kneift Papa in die Seite. Papa grinst und gießt sich noch eine Tasse Kaffee ein.

„*Ich* erzähle jetzt!", bestimmt Mama.

„Danke!", seufze ich.

Papa schafft es einfach nicht, in seinen Geschichten jugendfrei zu bleiben.

Also übernimmt Mama: „Wir sind dann über Dänemark und Polen runter bis zum Schwarzen Meer. Dort bin ich schwanger geworden. Kurz darauf ist Tante Ilvi gestorben. Ich habe ihr Haus geerbt und wir sind hierher gezogen. Und dann bist du gekommen, Biene. In einer verregneten Novembernacht."

Und jetzt kriegt Mama wieder diesen verklärten Blick, den sie immer hat, wenn sie sich an solche Dinge erinnert.

„Meine kleine Elfe", sagt sie. Streicht mir übers Gesicht,

beißt von ihrer Frühstückssemmel ab und kaut rührselig vor sich hin.

Ich habe tatsächlich ein bisschen abstehende Ohren, die vielleicht an Elfenohren erinnern.

Aber wenn Mama *kleine Elfe* sagt, dann meint sie damit meinen Geburtstag.

Ich bin nämlich ein Faschingskind. Geschlüpft am 11. 11. – zwar nicht um elf Uhr elf, aber meine Geburt hat angeblich genau *elf* Stunden gedauert. Zumindest in Mamas Version der Geschichte.

„Der Regen hat aufs Dach getrommelt wie verrückt, das weiß ich noch," erinnert sie sich. „Das Fenster war offen, weil mir so heiß war. Und die Nachbarin ist gekommen und hat mir ein Wurstbrot gebracht, um vier Uhr in der Früh, weißt du noch, Jonas?"

Papa lacht, verschluckt sich fast an einem Brösel.

„Die ist da plötzlich vor der Tür gestanden, mit einem Teller in der Hand. Und genau da bist du auf die Welt gekommen, Biene."

„Ja", sage ich. Da bin ich auf die Welt gekommen.

Biene Sabine Mütz, Tochter einer Meerjungfrau und Kind eines Lügenbarons.

3

Unser Haus heißt Leguan.

Wenn man vom Brunnenplatz kommt und in die Mühlgasse einbiegt, ist es gleich das zweite auf der linken Seite. Außen grün gestrichen, ein paar Tische mit Sonnenschirmen davor. Und auf dem Schild über der Eingangstüre: Leguan. In großen, bunten Buchstaben.

Unten das Café und oben im ersten Stock, da wo das kleine Fenster ist, da wohne ich.

In Biene Sabines höchst persönlicher Kunst-und-Unfug-Zimmerhöhle.

Hier leben die violett-blau karierte Grinsekatze Ulla, meine Haustierspinne Nepomuk und seine fröhlichen Krabbel-Verwandten und natürlich Biene – also ich.

Inmitten von liebevoll arrangierten Filzstift-Installationen, Skizzenblättern, mit Kugelschreiber behübschten Barbie-Puppen, kreuz und quer über den Fußboden verteilten, bekritzelten Papierservietten, Glasmurmeln, Büchern, Tattoo-Magazinen, Schulzeug und sonstigem lebensnotwendigem Krimskrams.

„Bist du des Wahnsinns fette Beute! Wie sieht es denn hier aus?“

Na gut. Vielleicht bin ich ein bisschen chaotisch. Kann schon sein.

Aber muss man deshalb gleich so überreagieren?

Immerhin bin ich Künstlerin.

Aber keine Chance.

Mama und Papa sind da gnadenlos.

„Morgen ist Putztag. Da fährt die Eisenbahn drüber!“

Ich schnaube betont und mache mein bösestes Gesicht. Hilft nichts, weiß ich. Aber es macht Spaß zu schimpfen und zu maulen und zu murren und zu meckern und sich wilde Flüche auszudenken, während man aufräumt. „Sauerei und Malefiz, rotzverklebte Sabberlippe!“, rufe ich, während ich Laden zuschmeiße, Bücher ins Regal knalle, poltere und wüte.

Wenn dann alles wieder traurig langweilig und sauber ist, bringt Papa von unten Bananenmilch mit Zimt und Mandelsplittern zur Belohnung. Papa liebt es, andere mit seinen Kochkünsten zu verwöhnen. Deshalb hatte er auch die Idee, aus dem Wohnzimmer im Erdgeschoß ein kleines Lokal zu machen.

Das Café Leguan.

Den Namen hat Mama ausgesucht.

Leguan hat nämlich auch das Schiff geheißen, auf dem Papa Koch war, als Mama und er sich zum ersten Mal begegnet sind. Und Mama sagt, dass der Name deshalb Glück bringt.

Ich könnte mir jedenfalls kein schöneres Zuhause auf der Welt vorstellen.

Am Nachmittag unten zu sitzen, bei Papa in der Küche, oder bei Jockel an seinem Fenstertisch, mit heißem Kakao und einem warmen Schokoladegefühl im Bauch, den Geruch von frisch aufgebrühtem Kaffee in der Nase; die Gäste, die kommen und gehen; das leise Klingeln, das die kleinen, silbernen Löffel machen, wenn jemand damit in seiner Tasse rührt; Papas Tiramisu und das Gemurmel der Leute rundherum – ich liebe das alles!

Oder wenn am Mittwoch nach Mamas Bandprobe noch alle zusammensitzen und plaudern.

Dann zaubert Papa ein großes Abendessen.

Frau Almut hilft beim Kochen.

Und Jockel beim Einkaufen.

Jockel gehört, das kann man so sagen, eigentlich schon zur Familie.

Er kommt, da sitzen wir meistens noch beim Frühstück.

Klopft an, sagt: „Ich wäre soweit und hätte auch Zeit."

Jockel mag Reime.

Papa schreibt ihm auf, was er braucht, und gibt ihm Geld.

Und ich: „Warte!", schlüpfe in meine Schuhe, meinen Pulli, schnappe mir die Schultasche.

Und wir gehen ein Stück gemeinsam, der Jockel und ich.

Weil meine Schule ist gleich neben dem Markt oder der Markt ist gleich neben der Schule.

Je nachdem.

„Zucchini, Karotten, Zuckermais, Hirse, Schlagobers“, studiert Jockel Papas Liste.

„Mir scheint, heute gibt es wieder Jonas’ berühmten Hirseauflauf.“

Er reibt sich den Bauch und hängt sich meine Schultasche über die Schulter.

„Na, Biene? Erzähl mal! Wie geht es meiner Zuckerschnute? Was macht die Schule, meine Gute?“

Schule.

Ich kicke ein paar Steinchen.

Schule ist nicht gerade mein Lieblingsthema.

Ich finde Schule okay, aber, wenn ich es mir aussuchen könnte, würde ich meine Vormittage anders verbringen. Würde zum Beispiel eine wilde Ritterburg zeichnen, oder auf Mamas Schlagzeug Krach machen. Oder mit der Grinsekatze Ulla um die Wette faulenzen. Ich würde bei Beere läuten und fragen, ob ich zu ihm raufkommen darf und er mir Lieder auf der Gitarre vorspielt. Ich würde wichtige Bücher lesen, Weltliteratur wie Donald Duck. Oder im Café Leguan sitzen, russischen Tee mit Frau Almut trinken und mir von ihr die Karten legen lassen.

„Sabine", würde sie sagen und die Stimme wäre dabei runzelig wie ihre dünnen Finger.

„Sabine, es wird turbulent."

Frau Almut hat große schwarze Augen und knalllila Lippen.

Frau Almut riecht nach Zigaretten und Pfefferminzkaugummi und ihre Ohren sind gespickt mit kleinen glänzenden Silberringen.

Frau Almut ist alt.

Frau Almut hat nicht viel zu tun.

„Früher", sagt sie, „früher war ich eine Hexe."

Und deshalb, behauptet sie, besitzt sie magische Fähigkeiten.

Mit *früher* meint sie ein anderes Leben.

Frau Almut hat schon sieben Mal gelebt. Das haben ihr die Karten verraten.

„Die Karten erzählen dir die Zukunft und die Vergangenheit, du musst sie nur lesen können!", erklärt sie.

Papa sagt: „Frau Almut ist ein bisschen *speziell*."

Aber ich höre ihr gerne zu.

So wie neulich:

„Sabine, Sabine. Es wird turbulent. Fortuna dreht am Rad, siehst du hier?"

Almut hat auf eine Karte gezeigt.

„Für die einen geht es aufwärts, für die anderen bergab und – ah, der Eremit! Eine Reise steht bevor. Aber es wird keine gewöhnliche Reise sein. Es ist eine Suche. Nach etwas. Nach jemandem. Dem Jenseitigen. Und ..."

Sie hat mich angeglubscht, als wüsste ich Bescheid.
„Ich sehe auch einen Freund."
„Vielleicht Beere?"
„Vielleicht", hat sie geraunt, den Kopf schiefgelegt. „Vielleicht aber auch nicht. Oder sowohl als auch."

Frau Almut würde mir die Karten legen. Würde kichern und an ihrem Tee nippen.

Und dann würde Jockel vom Einkaufen kommen und sich zu uns setzen. Vielleicht hätte er was Lustiges erlebt und das würde er jetzt erzählen, dazu seinen Kaffee mit Milchschaum schlürfen und dann mit Frau Almut eine Partie Mühle spielen.

Ich drücke die schwere Glastüre auf und denke: Ja. Das wäre eindeutig und hundertprozentig tausendmal besser als Schule.

4

„Shirin, bitte!“

Neben mir rückt ein Stuhl.

Ich schaue nach vorne zur Fuchsbauer. Die drückt Shirin einen Stoß mit Heften in die Hand.

„Sei so gut und teil die aus, ja?“

Shirin geht von Bank zu Bank.

Irgendwann steht sie vor mir, schaut mich an, legt mir mein Heft hin.

Ich blättere durch die Seiten.

Da sind Zahlen und Zeichnungen und Rot. Zu viel Rot, denke ich.

Shirin ist fertig mit Austeilen, setzt sich wieder neben mich.

„Und?“, fragt sie.

„Genügend“, murmle ich. „Gerade noch.“

„Positiv ist positiv!“

Shirin sieht die Sache locker.

„Außerdem war das die letzte Schularbeit in diesem Jahr. Also.“

Sie hält die Hand hoch. „High five, du Mathe-Genie!“

Ich lache und schlage ein.

Shirin Bahrami.

Große Augen, freches Grinsen.

Lieblingsnachspeise: Marillenknödel.

Schlechteste Witze-Erzählerin ever und die beste Freundin, die man sich nur denken kann.

Ich weiß gar nicht, wie ich die Tage ohne sie überstehen würde.

Shirin ist einfach cool.

Und singen kann die! Alter Schwede, das glaubst du nicht!

Einmal, das war kurz vor Weihnachten, da hat die Fuchsbauer Kerzen angezündet und jeder, der wollte, konnte was vorlesen oder auf einem Instrument vorspielen.

Es hat sich aber niemand getraut.

Außer Shirin. Die ist da nach vorne, hat sich hingestellt und hat gesungen.

Auf Persisch, glaube ich – ich hab jedenfalls nichts verstanden. Aber ich schwöre, wir haben alle Gänsehaut gehabt.

Und als sie dann fertig war, ist sie einfach wieder zurück auf ihren Platz und hat getan, als ob nichts wäre. Das war echt überirdisch. Niemand hat applaudiert, niemand hat etwas gesagt, wir waren alle wie elektrisiert.

Sogar Tenka hat es für diesen einen Augenblick die Sprache verschlagen. Aber leider nur kurz. Tenka kann nämlich gar nicht länger als zwei Sekunden die Klappe halten.

Stefan Tenka.

Eins-sechzig groß, Baseballkappe, Surfer-Look.

Super in Sport. Sonst eher nicht so. Sonst eher na ja.

Trotzdem finden den alle so wow, so cool, so – keine Ahnung.

Jedenfalls ist Tenka für die anderen Burschen fast so etwas wie ein Gott.

Gut, für alle, außer für Phillip.

Für Phillip ist Tenka manchmal wohl eher so etwas wie der Teufel.

Jetzt gerade zum Beispiel:

„Wäaah! Milchbubi hat einen fahren lassen!"

Tenka zieht sich den Kragen seines Bart-Simpson-Shirts über Mund und Nase und rückt angeekelt von Phillip weg. Wie auf Kommando geht ein empörtes Schnauben und Nach-Luft-Ringen durch die Reihen der Burschen und kurze Zeit später sitzen alle mit Mundschutz da und starren auf Phillip.

Phillip wird rot. Tatjana und ihre Ballett-Tussis kichern blöd und tauschen Blicke mit Tenka, während sie sich mit wilden Handbewegungen Frischluft zufächeln.

So ist das mit Tenka.

Und so ist das mit Phillip.

„Bitte!", mahnt die Fuchsbauer. „Jetzt beruhigen wir uns wieder!"

Sie macht das Fenster auf, rückt ihre Brille zurecht.

Sie schaut Tenka nicht an.

Sie schaut Phillip nicht an.

Kritzelt weiter Zahlen an die Tafel, brabbelt irgendwas von Schularbeitsverbesserung bis Donnerstag.

Shirin meint ja, dass die Fuchsbauer Schuld sei, an dem was da läuft zwischen Tenka und Phillip. Weil *die* am Anfang des Schuljahrs Max und Tenka auseinandergesetzt und stattdessen Phillip den Platz neben Tenka zugeteilt hat.

„Damit hat sie Phillip quasi ans Messer geliefert", sagt Shirin.

Tatjana behauptet, das sei Blödsinn.

„Tenka macht doch nur Spaß. Meine Güte, was ist denn dabei? Und wenn Milchbubi sich das alles gefallen lässt, ist er eben selber schuld. Ich meine, schaut ihn euch an. Der Typ ist ein Weichei. Es würde mich nicht wundern, wenn der immer noch bei seiner Mama im Bett schläft. Oder wisst ihr noch letztens, als die Wespe in der Klasse war und er voll die Panik: Hilfe! Hilfe!"

Dabei macht sie Phillips Stimme nach und die Ballett-Tussis wiehern und halten sich die Bäuche.

„Der ist einfach zu feige, um sich zu wehren, verstehst du?"

Ehrlich gesagt, mir ist das egal.

Ich finde Phillip auch irgendwie seltsam. Nicht, dass ich ihn kenne. Aber er kommt mir vor wie einer, der lieber in seiner eigenen Welt lebt. Still. Verschlossen. Ein wenig neben der Spur.

Feige? Vielleicht.

Aber, was weiß *ich* schon?

5

Seit dem Tag, an dem Beere raus ist, um zu telefonieren, sind zwei Mittwoche vergangen.

Ich sitze unten im Leguan, kritzele mir die Arme voll und nippe Zahnpastasaft.

In der Glasscheibe der Eingangstür baumelt das *Geschlossen*-Schild.

Mama kommt aus dem Keller. Man hört den Bass und Gelächter von unten. Soundcheck.

Ich warte auf Beere, aber Beere kommt nicht.

Hebt auch nicht ab.

Ist auch nicht zuhause oder macht zumindest nicht auf, selbst wenn man bei ihm Sturm läutet.

„Und er hat auch nicht angerufen?"

Mama schüttelt den Kopf.

„Er hat mir nur geschrieben, dass er es leider nicht zur Probe schafft."

Ich schnaube.

Weil ich sauer bin. Weil ich finde, dass Beere mir eine Erklärung schuldet.

Mama schiebt mich rüber. „Rutsch ein Stück!" Und setzt sich zu mir.

„Hast du deine Hausaufgaben fertig?“

„Ja. So halb. Rechnen muss ich noch. Was ist nur mit Beere?“

Mama schaut quer durch den Raum, dann auf meine Arme runter.

„Sind das Eidechsen?“

„Das sind Drachen, Mama! Sieht man doch.“

Mama seufzt.

„Malst du mir auch was?“, fragt sie und knipst den Kugelschreiber an.

„Was willst du denn?“

„Weiß nicht. Kannst du einen Pegasus?“

„Das ist so ein Pferd mit Flügeln, oder?“

Mama nickt.

„Okay, aber nicht beschweren, wenn's nicht schön wird. Ich hab vorher noch nie Pegasusse gemacht.“

„Versprochen.“ Mama streichelt meine Wange. Küsst mich auf die Haare.

Ich vermisse Beere.

6

„Habt ihr schon das von Phillip gehört?“

Tatjana steht hinter uns im Pausenhof und platzt gleich.

Shirin zuckt die Schultern.

„Nein, was?“

„Ahhh! Ihr wisst es noch nicht!“

Tatjana kreischt und fuchtelt mit den Händen.

Wir hätten ihr keinen größeren Gefallen tun können.

Tatjana Rušinović.

Lieblingsfarbe: Neon-Pink und Glitzer.

Lieblingstier: ihr treues Pferd Artemis.

Lieblingsbeschäftigung: sieben Tage die Woche Klatsch verbreiten.

„Komm, lass uns gehen!“, sage ich zu Shirin.

„Was ist mit dir?“ Tatjana funkelt mich feindselig an.

„Nichts“, sage ich und möchte weg.

Aber Shirin will hören, was es zu berichten gibt. „Also?“

„Also“, sagt Tatjana. „Tenka und Max, ja, die haben Milchbubi heute vor Mathe ein Bild von so einer ...“, sie grinst schräg und formt üppige Kurven vor ihrer Brust, „na ja, von so einem Pin-Up-Girl eben – keine Ahnung wo die das her haben, ist auch egal! Jedenfalls haben sie das Phillip in sein Matheheft gepickt. Stellt euch das vor! Milchbubi ist voll ausgeflippt. Er hat es gerade noch bemerkt, bevor er das Heft der Fuchsbauer abgegeben hat. Der war echt total fertig. Wahrscheinlich hat der noch nie eine nackte Frau gesehen."

Tatjana schüttelt belustigt den Kopf.

Shirin lacht.

Shirin lacht?

„Findest du das witzig?", frage ich.

„Wieso nicht?", entgegnet sie amüsiert.

Ich zucke die Schultern.

„Weiß nicht."

Shirin klimpert mit den Wimpern.

„Na komm!", sagt sie. Stupst ihre Hüfte gegen meine. Und hopst voraus den Gang hinunter.

„He!", rufe ich, während meine Gedanken sich auch schon wieder in alle Richtungen zerstreuen. „Warte!" Und laufe hinterher.

7

Im Radio schmettern AC/DC *Highway to Hell*.

Papa schwenkt die Pfanne, röstet die Zwiebel an.

Jockel daneben, schnippelt die Karotten klein, singt mit.

Ich stehe da und habe die Zucchini fertig.

„Wohin damit?"

„Hier hinein!", sagt Papa und reicht mir eine Schale.

Die Küche duftet nach frischer Petersilie und Zwiebel und Frau Almut kommt herein, holt Teller aus dem Regal, Besteck, Servietten. Mama stellt die Gläser auf ein Tablett, gibt Papa einen Kuss, gibt Biene einen Kuss, geht wieder nach draußen, kommt wieder herein, hat was vergessen, nochmal küssen. Jockel lacht. Frau Almut hat den Wein entdeckt. Trinkt.

„Halt! Halt! Der ist zum Kochen!"

Frau Almut kichert. Nimmt noch einen Schluck.

Aus den Töpfen dampft es und ich bin mitten drinnen in dem Gewusel und glücklich.

Und dann geht die Küchentür auf und da steht Beere.

8

Opa ist gestorben, da war ich sieben.

Ich erinnere mich noch an seinen roten Lehnstuhl und dass er mit mir schaukeln war, drüben auf dem Spielplatz. Er hat mich angeschubst und sich dabei Blödsinn ausgedacht.

Schlaumischlau-Geschichten zum Beispiel: Wer hat denn den Stinkesocken in die Mikrowelle getan? Wer hat dem Pudelhund von Tante Trude eine Windel angezogen?

Keiner weiß es, aber am Ende war es jedes Mal: Der Schlaumischlau!

Opa hat einmal gesagt:

„Biene, du hast das Herz am rechten Fleck."

Er hat mir seine warme Hand auf die Brust gelegt und gelacht.

Ein paar Tage später ist er gestorben.

Ich stelle mir vor, dass Opa jetzt unsichtbar ist, weil er ja keinen Körper mehr hat.

Eingeäschert, sagt Mama. Das heißt verbrannt, aber das sei nicht so schlimm, sagt sie, weil die Toten ihren Körper nicht mehr brauchen.

Ich stelle mir vor, dass Opa ab und zu auf den Spielplatz geht, um ein bisschen zu schaukeln und dass er sich dabei

Schlaumischlau-Geschichten ausdenkt und selber darüber lachen muss.

„Ich denke an Opa“, sage ich zu Ulla und streichle ihr den abgenutzten Plüsch.

Die Stoffkatze liegt auf meinem Bauch, geduldig und faul, wie ein violett-blauer Waschlappen mit Ohren.

Draußen ist Abend.

Ich habe das Fenster offen und von irgendwoher riecht es nach Gras und Grillparty.

Die Dielen vor meiner Zimmertüre knarzen.

Es klopft.

Papa kommt rein, sieht mich da auf dem Bett und hockt sich neben mich.

Schaut auf die Katze.

Ich denke an Beere. Wie blass er war. Wie müde er mir vorgekommen ist. Und daran, dass ich ihn noch nie vorher weinen gesehen habe.

„Ist Beere noch da?“

Papa nickt. „Ja. Mama ist bei ihm.“

„Was ist denn mit Jan?“

Ich frage es, ohne Papa anzusehen.

Papa druckst herum. Seine Stimme klingt zugeschnürt.

Ich nestle in Ullas Fell, zupfe lila Fäden, starre und spüre Papa neben mir ratlos sein.

„Sie werden ihn operieren“, sagt er. „Wenn alles gut geht, kann er sicher auch bald wieder nach Hause.“

Sein Satz will mutig sein. Geht aber daneben. Weil, was wenn nicht?

Es fällt mir schwer, die Frage laut auszusprechen.

„Und was, wenn nicht?“

Papa seufzt. Legt seinen Arm um mich.

Ich erinnere mich an damals, als Beere mir ganz stolz das erste Foto vom Ultraschall gezeigt hat.

„Das ist Jan.“

Ich hab da überhaupt nichts erkannt außer ein paar hellen Flecken und sonst schwarz.

Aber Beere hat gestrahlt wie Weihnachten und hat das Foto die ganze Zeit wie einen Schatz in seinem Geldbeutel herumgetragen.

„Das ist mein Sohn. Das ist Jan. Siehst du, hier, das ist er. Das ist Jan.“

Mittlerweile ist Jan drei Jahre alt.

Sie haben Jan ins Krankenhaus gebracht, sagt Beere.

Irgendwas hat es mit dem Herz zu tun, aber genau habe ich es nicht verstanden. Ich weiß nur, dass er operiert werden muss und dass es sein kann, dass Jan die Operation nicht überlebt.

Und plötzlich sind diese Gedanken in meinem Kopf, groß und unbehaglich.

Wie das wohl ist, wenn man stirbt?
Wie fühlt sich das an?
Was ist danach?

Manchmal denke ich, vielleicht wäre das mit mir und Phillip ganz anders gekommen, wenn ich nie begonnen hätte, mir diese Fragen zu stellen. Aber die Gedanken sind schon da und lassen mich nicht mehr los. Also:

„Wie ist das wenn man stirbt?"

Papa streicht mir über die Wange. Sagt, dass man dann wohl in den Himmel kommt und so, aber ich weiß, Papa kennt sich nicht aus mit Himmel und Gott und alldem.

Also hake ich nicht weiter nach.

„Kriege ich noch einen Kakao?", frage ich stattdessen und setze meinen treuherzigsten Bienenblick auf.

Papa lächelt.

„Mit Schlag und Zimt? Sehr wohl, Madame!"

Er wieselt aus dem Zimmer.

Heute Nacht teile ich mein Bett mit schlechten Träumen.

9

„Ich befürchte, Biene, da fragst du den Falschen."

Jockel lässt Zucker auf seinen Löffel rieseln. Versenkt ihn im Kaffee. Rührt.

„Ich sehe das Leben als ein wunderbares Geschenk an. Darum finde ich, man sollte jeden Moment davon genießen. Denn alles kommt. Und alles geht auch irgendwann wieder. Das ist die Natur der Dinge. Was danach ist ..."

Er zuckt die Schultern.

„Bei *der* Frage muss ich passen. Tut mir leid."

Er nimmt einen Schluck vom Kaffee. Seufzt. Kratzt sich das Kinn.

Sein Stein hüpft über das Spielbrett. Einer von meinen wandert vom Feld.

„Mühle zu!"

Und Jockel lächelt milchbärtig.

Ein leichter Sieg. Gegen ein Mädchen, das den Kopf voller schwarzer Gedanken hat.

Gedanken wie: Was ist, wenn Jockel Recht hat? Wenn da nichts ist? Man stirbt und aus. Das war es dann. Kein Himmel, kein Gott, kein ewiges Leben, keine Wiedergeburt, nichts.

Ich starre in mein Glas.

Pfefferminzsirup leuchtet grün in der Nachmittagssonne, die durch das große Fenster fällt.

Mama hat ihre Jazz-Playlist laufen. Summt dazu, während sie die Gäste bedient. Kommt und fragt, ob sie uns noch etwas bringen soll.

Es gibt Tage im Leguan, da brummt es vor Leuten und es ist so viel zu tun, dass Mama kaum verschnaufen kann.

Und es gibt Tage wie heute, die gemächlich sind, wie ein dicker, fauler Kater im Schaukelstuhl.

„Noch Kuchen?"

„Danke." Jockel winkt ab.

„Und du, Biene?"

Mama streicht mir über den Rücken.

„Keinen Hunger", murmle ich, worauf sie mich forschend anschaut.

„Alles okay mit dir?"

Sie zieht sich einen Sessel her. Will sich gerade zu uns setzen – reden wahrscheinlich, erfahren, was denn da los ist mit ihrer Tochter – als hinter ihr jemand sagt: „Entschuldigung. Ich soll hier was abholen."

Mama dreht sich um und ich sehe ein blasses, schmales Gesicht, wirre rotblonde Haare und ein ausgewaschenes Donald-Duck-T-Shirt.

„Phillip?"

Er bemerkt mich und wirkt plötzlich verunsichert.

„Hallo", sagt er.

Mamas Blick wandert hin und her.

„Ihr kennt euch?"

„Von der Schule", sage ich knapp.

„Ich ..." Phillip zögert. Wendet sich dann Mama zu.

„Meine Mum hat was bestellt. Das soll ich abholen."

„Auf welchen Namen denn?"

„Higgins."

Mama nickt. Lässt Phillip stehen.

Er schaut verloren um sich.

Jockel deutet auf den leeren Stuhl.

„Der Platz ist noch frei, dann sind wir drei!" Und klopft auf die Sitzfläche.

Er zwinkert Phillip aufmunternd zu.

Phillip lächelt nervös. Setzt sich. Seine Hände suchen eine Beschäftigung.

Vor ihm liegt eine Serviette. Er fängt an zu falten.

„Du bist also Phillip." Jockel macht auf Small-Talk. „Higgins, ja? Ist das irisch?"

Phillip nickt. Faltet.

„Echt jetzt?", sage ich. Ehrlich überrascht. „Du kommst aus Irland?"

Ich habe Phillips Nachnamen sicher schon hundert Mal gehört, aber nie weiter darüber nachgedacht.

„Irland – Bierland", wirft Jockel ein. Ein richtig schlechter Reim.

Aber Phillip lächelt höflich.

„Zur Hälfte“, erklärt er und stellt das kleine Serviettenschiff vor sich auf den Tisch.

„Mein Dad ist Ire. Meine Mum ist von hier.“

„Auch hier gutes Bier!“ Jockel übertrifft sich selbst.

Phillip wirft mir einen fragenden Blick zu und ich muss lachen.

„Denk dir nichts dabei“, sage ich. „Ich glaube, Jockel steigt gerade sein Mühle-Sieg zu Kopf!“

„So, bitteschön!“

Mama kommt aus der Küche zurück, zwei große, weiße Schachteln in den Händen.

„Zweimal Malakoff.“ Stellt die Torten auf den Tisch. Legt die Rechnung obendrauf.

„Achtzig Euro geradeaus. Geht’s so, oder brauchst du eine Tasche?“

„Geht schon so.“ Phillip zieht Geld aus der Hose. Zahlt.

Er steht auf, nimmt die beiden Kartons.

Sagt: „Tschüss!“ Sagt: „Dann, bis morgen.“ Sagt: „Auf Wiedersehen.“

„Bis morgen“, sage ich und schaue ihm hinterher, wie er sich mit den Torten im Arm durch die Tür nach draußen wurschtelt und am Fenster vorbei die Straße runtergeht.

Ein kleiner Serviettendampfer tuckert über den Tisch. Mein Zeigefinger schiebt das Schiffchen vor sich her in die Sonne.

10

„Hier, probier mal!“

Eine grünlich glänzende Fingerkuppe taucht vor mir auf.

„Wähhh! Igitt, Navid!“

Shirin presst angeekelt die Lippen zusammen und zieht ihren Bruder von mir weg. Schreit: „Pari!“

Der Ruf geht raus in Richtung Küche, wo Shirins Schwester Pari seit etwa einer Stunde ohne Unterbrechung telefoniert.

Als Antwort knallt eine Tür.

„Mann, das nervt!“ Shirin flucht. „*Sie* ist die ältere! Wieso muss immer *ich* den Babysitter spielen?“

Sie setzt Navid, der sein exquisites Nasenpopel-Finger-

food inzwischen selbst verspeist hat, an ihren Schreibtisch, findet Papier und Ölkreiden in einer Lade, sagt: „Da! Mal was!“

Legt eine CD ein. Angelt sich das Handy. Tippt.

„Hast du Durst?“, fragt sie.

Ich hocke im Schneidersitz vor ihr auf einem dicken weichen Stofftiger-Bettvorleger und blättere durch Zeitschriften. Schüttle den Kopf.

„Wenn du was von Justin Bieber findest ...“

Shirin deutet auf das Pop-Magazin in meiner Hand und hält mir die Schere hin.

Sie sammelt jedes kleine Schnippel, jedes Foto, jeden Bericht, echt jeden Furz von diesem Kerl.

„Mit wem schreibst du?“, frage ich.

Shirin hört auf zu tippen. Legt das Handy weg. Keine Antwort.

Ich unterbreche meine Weiterbildung in Sachen Stars und Skandale und schaue ihr forschend ins Gesicht. Es ist offensichtlich, dass sie was loswerden will, bloß nicht so recht weiß wie.

„Was hältst du eigentlich von Max?“, fragt sie schließlich.

Max? Wieso Max?

„Keine Ahnung.“

Ich finde die Buben in unserer Klasse haben alle irgendwie einen Schuss weg, aber: „Ja, Max ist okay, glaube ich.“

Shirin strahlt.

„Finde ich auch“, sagt sie.

Dann schlägt sie ihr Heft auf und wir machen Ernst.

Divisionen und Brüche.

Mama hat gemeint, das wäre doch eine gute Idee, wenn Shirin und ich zusammen lernen. Also. Füllfeder, Tintenkiller, Heft auf, erste Nummer, Seite 32, Beispiel 5 a und b.

Ich schreibe die Angabe in mein Heft ab, starre durch das Blatt.

Navid, der weltgrößte Zirkusakrobat, versucht, mir über meinen Rücken auf die Schultern zu klettern.

„Au, Navid! Du brichst mir das Kreuz!"

„He, jetzt aber!"

Shirin packt ihn grob am Arm, bugsiert ihn aus dem Zimmer und schließt die Tür.

„Okay. Das hätten wir."

Erleichtertes Aufatmen.

„Ich bin müde", sage ich.

Keine Ahnung, ob das der Grund ist. Ob ich wirklich müde bin. Aber sicher ist, dass ich mich unmöglich auf Mathe konzentrieren kann. Nicht heute.

Es ist, als würde jeder meiner Gedanken früher oder später an ein und demselben Punkt enden.

Und dieser Punkt ist Jan.

Shirin wirft sich aufs Bett und ich lasse mich neben sie fallen.

Gemeinsames Liegen. Schweigen. An-die-Decke-Starren.

Und überall Justin Biebers, die auf uns runterlächeln.

„Shirin?"

„Hm?"

„Wie glaubst du ist das, wenn man stirbt?"

Ich drehe mich ihr zu.

„Wie meinst du das?"

„Einfach so. Wie ich es sage."

„Keine Ahnung, Biene!"

Shirin schwingt sich hoch. Schaut mich an, eine Weile. Versucht zu ergründen, ob ich darauf wirklich eine Antwort will.

Dann beginnt sie zu grinsen.

„Ich glaube im Himmel, da ..."

Noch immer tönt Musik aus dem CD-Player und Shirin fängt an, mit der Hüfte zu wackeln, so wie die in den Videos.

„Da ist alles leicht, verstehst du. Alle singen und tanzen und keine nervigen kleinen Brüder und so."

Sie lacht, wirft die Hände in die Höhe und ihre langen Haare schwingen im Takt durch die Luft.

Irgendwann ist das Lied zu Ende und Shirin steht da, ganz ruhig und schaut mich an.

Es ist nur ein Moment, kurz, aber genug, um mir zu wünschen, ich könnte ihr jetzt alles erzählen. Das von Beere und Jan und wie sehr es mich beschäftigt – aber ich kann nicht, weil Shirin sich im nächsten Augenblick auf mich wirft und – „Kitzelattacke!" – beginnt, mir ihre Finger zwischen die Rippen zu bohren und ich mich winden und um Gnade betteln muss, damit ich endlich wieder luftholen kann.

Klack! Klack!

Zwei Steinchen an der Glasscheibe retten mich schließlich vor dem Erstickungstod.

Shirin klettert von mir runter und macht das Fenster auf. Beugt sich hinaus.

Ich höre Stimmen.

„Na, was geht?“

Ich rutsche vom Bett, um besser nach draußen zu sehen.

„Kommst du mit auf den Spielplatz?“

Max steht da.

Und Tenka.

Klar, die beiden gibt es nur im Doppelpack.

Das war schon immer so. Die waren schon zusammen im Kindergarten, dann in der Volksschule und jetzt sind sie wieder in derselben Klasse.

„Na, Biene?“ Tenka hat mich bemerkt. „Was macht ihr denn gerade? Barbie spielen?“

Er grinst schief mit Blick zu Max.

Max lacht aber nicht, sondern schaut fragend zu Shirin herauf.

„Also? Kommt ihr mit? Wir haben auch Chips und Cola und saure Pommes.“

Shirin beißt sich auf die Lippe, schaut mich an, aber hey, mir ist das egal.

„Von mir aus.“

„Okay, cool! Ich sag nur schnell Pari Bescheid.“

Shirin flitzt in die Küche. Ich höre sie diskutieren, kann aber durch die Tür nicht genau verstehen, worum es geht. Muss ich auch nicht. Ich blicke auch so sofort durch, als Shirin zurück ins Zimmer kommt. Mit säuerlichem Gesicht. Und Navid an der Hand.

„Ich geh nur noch meine Sandspielsachen holen“, ruft der strahlend und hüpft davon.

Shirin seufzt und zuckt resigniert mit den Schultern.

„Also, dann“, sagt sie. „Gehen wir!“

Kurz darauf sitzen wir zu fünft im Gras neben der Sandkiste.

Navid spielt mit seinem Bagger, Max und Tenka packen Fresszeug und Cola aus. Shirin zockt auf ihrem Handy und ich stelle mir vor, dass Opa drüben auf der Schaukel sitzt und zu uns rüberschaut.

„Tschick?“

Tenka hält Max ein offenes Päckchen Zigaretten hin.

Max winkt ab.

„Shirin?“

Die zeigt ihm den Vogel.

„Spinnst du, oder was? Woher hast du die überhaupt?“

Tenka grinst blöd. Ein prüfender Blick zu mir, aber ich muss gar nicht antworten, damit Tenka weiß, was ich vom Rauchen halte.

„Na dann.“ Er steckt sich eine zwischen die Lippen, zündet sie an. Pafft Rauch in die Luft.

Steht auf, putzt sich den Hintern ab und winkt zwei Typen vorne beim Asphaltplatz.

Die stehen da mit Basketball, in Trainingshosen, neongrünen Sonnenbrillen und nackten Oberkörpern. Die sind sicher vierzehn.

Tenka steuert auf sie zu, Handschlag und Yes-was-sind-wir-nicht-alle-cool-Gehabe.

Das passt, denke ich. Tenka und die, das passt.

Mehr fällt mir dazu nicht ein.

Navid gluckst fröhlich und strahlt übers ganze Gesicht, weil Max bei ihm in der Sandkiste sitzt und buddelt und Burgmauern baut und Türme.

Ja, denke ich, Max ist okay.

Ich sehe Shirin und wie sie ihn anlächelt und dann Max, wie er sie anlächelt und sagt: „Also, wenn das hier eine richtige Ritterburg werden soll, könnten wir gut noch ein wenig Hilfe gebrauchen, was meinst du, Navid?“

Navid hält Shirin und mir zur Antwort Schaufel und Kübel hin.

Wir knien uns in den kühlen Sand, graben Tunnel, formen Wälle, stürzen Türme aus Kübeln.

Und irgendwann ist die Burg echt riesig.

Und die Sonne geht unter.

Und dann kommt Tenka wieder und sagt: „Max, wir hauen ab."

Nicht: *Sollen wir dann?* oder *Kommst du mit?*

Nein. Tenka sagt: „Max, wir hauen ab."

Und Max stemmt sich hoch. Sand rieselt von den Jeans.

Er nimmt den Rucksack. Und geht.

Sagt nicht Tschüss. Dreht sich nicht um. Ist einfach nur weg.

Vorne Tenka, hinten er, die Mauer entlang, links ab und weg.

„Idiot", sagt Shirin. Und ich bin mir nicht ganz sicher, wen von beiden sie damit meint.

11

Jockel räumt das Spielbrett auf die Ablage neben dem Zeitungsständer, Frau Almut befördert eine silberne Dose Pfefferminzdragees aus ihrem Lederjäckchen, steckt sich eines davon in den Mund und geht raus, frische Luft schnappen. Mama kassiert die letzten Gäste ab.

Papa wischt die Tische sauber.

Ich sollte heute eigentlich noch Bio lernen.

Ich sollte heute nicht mehr an Jan denken.

Ich sollte heute nicht mehr an Beere denken.

Ich sollte mir von Papa Birnenkompott als Gute-Nacht-Speise wünschen, weil das gegen böse Träume hilft.

In meinem Kopf sitzt Gott auf einem Ringelspiel.

Ich sollte heute nicht mehr denken.

12

Freitag fünfte Stunde: Religion beim Schrittwieser.

Eigentlich ist der Schultag damit gelaufen.

Die meisten schreiben schon Hausübung, tratschen oder wischen unter der Bank am Handy.

Manche gehen auch gar nicht in Reli.

Shirin und Mahmud zum Beispiel. Die haben nach der Vierten aus.

Oder Tenka. Der ist auch nie da.

Max hat mal erzählt, dass Tenka die Unterschrift seiner Mama gefälscht und sich einfach selber von Reli abgemeldet hat.

Egal, jedenfalls ist Religion normalerweise das Fach, in dem nie irgendwer aufpasst.

Deshalb freut sich der Schrittwieser wie ein kleines Kind, dass endlich mal eine aufzeigt.

„Ja, Sabine?"

Er nickt mir zu.

Ich weiß ehrlich gesagt nicht genau, was in mich gefahren ist, aber wen fragen, wenn nicht ihn? Schließlich ist er der Fachmann, oder nicht? Also.

„Herr Professor", setze ich an. „Wie ist das eigentlich, wenn man stirbt? Was kommt dann? Trifft man da die Menschen dann wieder, die man liebt?"

Im selben Moment ist mir die Frage peinlich.
Aber zu spät.

Gelächter.
Tatjana und ihre Ballett-Tussis prusten los.

Mir schießt die Hitze in den Kopf.
Am liebsten würde ich im Boden versinken.
Blöde Schlammschnepfen, hirnlose Vollzicken!
Wut steigt in mir auf. Ich will herumfahren, sie anschnauzen:
„Habt ihr nichts Besseres zu tun, als euch über andere lustig zu machen?“

Da merke ich erst, dass die gar nicht mich meinen.
Nicht *ich* bin es, über die sie sich das Maul zerreißen.
Sondern Phillip!

In einer seltsamen Verrenkung kniet der da. Halb unter seinem Tisch. Die Hände voller Tinte.

Auch im Gesicht, auf dem Pullover und seinen Jeans glänzen dunkle Flecken.

Mit spitzen Fingern hält er eine tropfende Füllfeder weit von sich weg, wühlt gleichzeitig mit der anderen Hand in seinem Rucksack. Wahrscheinlich auf der Suche nach einem Taschentuch. Dabei wird auch dort drinnen alles, was mit seinen tastenden Fingern in Berührung kommt, blau.

In Phillips Gesicht steht Verzweiflung, während Tatjana und ihre rosa Ziegen sich in hysterischen Lachkrämpfen verbiegen und ihr spöttisches Gelächter schließlich auf die ganze Klasse überschwappt.

„Schluss jetzt!“

Der Schrittwieser schaltet sich ein.

Er fingert ein Taschentuch aus seinem Lederranzen, hält es Phillip hin.

„Da, bitte. Und jetzt schau dazu, dass du das sauber kriegst!“

Er deutet auf die dicken, blauen Tropfen auf dem Boden und der Tischplatte.

Phillip kriecht unter dem Tisch hervor.

„Aber …“

Er hat Tränen in den Augen, die Füllfeder in der Hand. Schüttelt den Kopf.

„Was aber?“

„Die war in meiner Schultasche.“

„Und?“

Dem Schrittwieser ist anzumerken, dass ihm die Geduld ausgeht.

„Na ja, das ist … ich weiß gar nicht, wem die …“

„He, das ist ja *meine*!“

Von hinten kommt Eliah vorgestürzt, reißt Phillip wütend die Füllfeder aus der Hand, flucht:

„Hey, schau, wie die ausschaut! Die war neu!“

Er hebt die Hand, als würde er zum Schlag ausholen.

„Eliah!“, mahnt der Schrittwieser und droht mit dem Klassenbuch.

Eliah protestiert, fragt, was sein Füller verdammt nochmal in Milchbubis Rucksack zu suchen hat.

Alle Augen auf Phillip.

Und der: „Weiß *ich* doch nicht!“, reibt sich kraftlos den Hals und hinterlässt auch da Blau.

„Das wird dir noch leidtun, Milchbubi!“

„Schluss jetzt!“, weist der Schrittwieser Eliah in die Schranken, bedeutet ihm, sich zu setzen.

Linst auf die Uhr.

Wahrscheinlich fragt er sich gerade, wie lang es noch ist.

Bis zum Läuten.

Bis zum Wochenende.

Bis zu seiner Pension.

Tatjana kichert wieder und tippt was in ihr Handy. Vielleicht hat sie alles gefilmt und stellt das Video gerade online. Zutrauen würde ich ihr das.

„Herrschaften!“

Der Schrittwieser verliert die Geduld.

„Ruhe jetzt!“

Seine Mappe knallt lautstark auf die Schreibtischplatte.

Die Aufregung verebbt.

Zu Phillip, der die größte Bescherung beseitigt hat und sich nun wieder auf seinen Sessel setzt, sagt er: „Wir klären das nach der Stunde.“

Meine Frage hat er vergessen.

Und ich traue mich nicht, sie noch einmal zu stellen.

Und irgendwann sind dann auch die fünfzig Minuten Schrittwieser vorbei.

Ich schultere meinen Rucksack und lasse mich mit dem Strom aus der Klasse in die Garderobe und aus der Schule tragen.

Draußen sitzt Shirin auf dem Radständer und winkt mir zu, meint aber Max, der an mir vorbei durch das Gedränge auf sie zusteuert – Hände in den Hosentaschen, Kopfhörerstöpsel in den Ohren. Vor Shirin bleibt er stehen. Stöpsel raus.

„Hi!“

„Hi!“ Shirins Augen leuchten.

„Und was machst du am Wochenende?“

„Keine Ahnung, und du?“

„Tenka gibt am Samstag eine Geburtstagsparty. Also, wenn du sonst nichts vorhast?“

Shirin sitzt da und ist die Sonne. Strahlt Mäxchen an und der strahlt zurück.

Ich gehe an ihnen vorbei, werfe Shirin einen Kuss zu.

Die will wissen, ob ich noch mitkomme in den Park, aber nein.

„Muss zum Bus“, sage ich.

Und biege aus dem Bild.

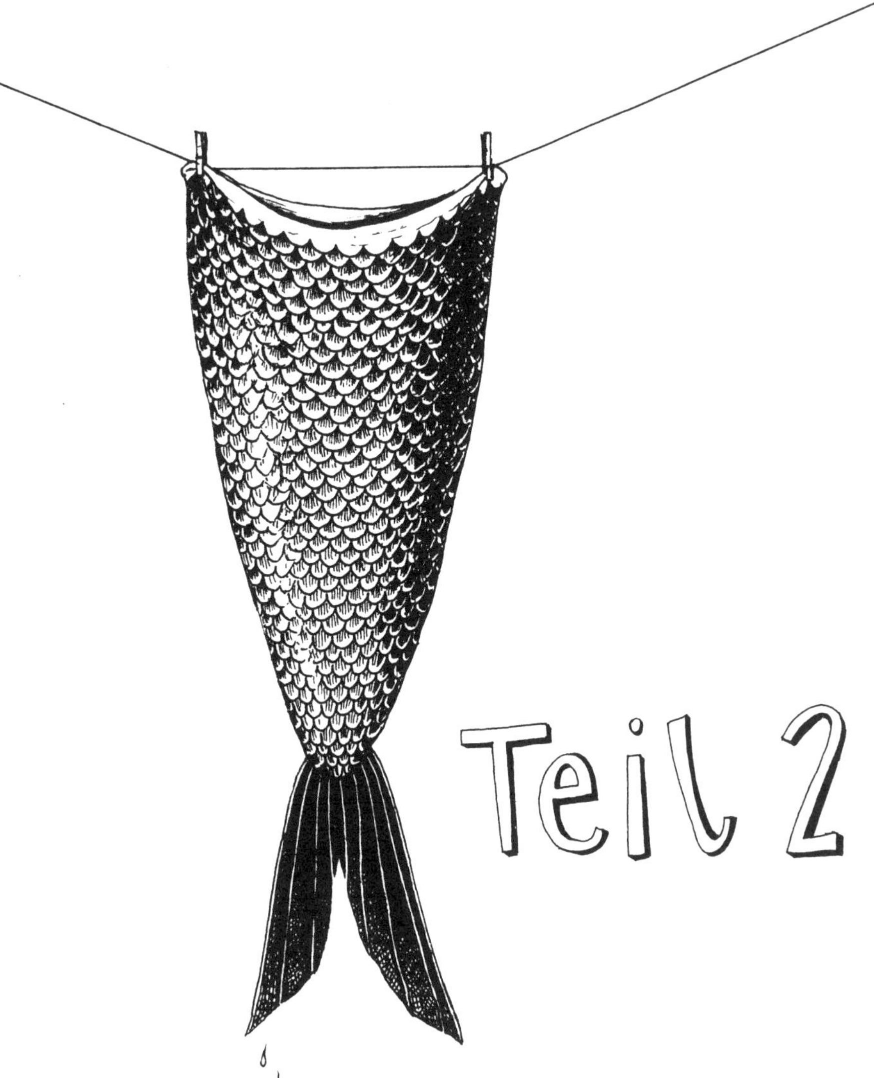
Teil 2

1

Der Bus Richtung Krähwaldsiedlung geht erst in einer viertel Stunde.

Ich lasse mir Zeit. Mama hat mir einen Zehner gegeben, damit ich mir was zum Essen kaufen kann. Ich hole mir beim Würstelstand Pommes mit Mayo und drücke mir beim Automaten eine Limonade runter.

Mama hat gesagt, dass Jan sich bestimmt freut über meinen Besuch und dass Beere um halb zwei vor dem Krankenhaus auf mich wartet.

Ich schaue auf die Uhr. Zwölf Uhr fünfzig.

Es fängt an zu nieseln.

Auf dem Bahnhofsvorplatz drängen sich drei Menschen unter das schmale Dach der Bushaltestelle.

Zwei davon kenne ich nicht.

Der dritte ist Phillip.

Er sitzt am äußersten Rand der kleinen Bank und killert sich mit Tintenkiller die blauen Finger sauber.

Ich zögere kurz, habe aber keinen Schirm und der Regen wird stärker. Also überquere ich die Straße und stelle mich zu ihm unters Dach.

„Hallo", sage ich.

„Hi."

Er rückt noch ein Stück und macht mir neben sich Platz.

„Danke, passt schon“, sage ich und bleibe stehen.

Ich muss grinsen, als ich den kreisrunden Tintenpunkt auf seiner Nase entdecke.

„Was ist?“

Ich tippe mir mit dem Zeigefinger gegen meine Nasenspitze.

„Du hast da noch ...“

Er wird rot, stoppelt den Tintenkiller wieder auf und beginnt sich damit im Gesicht herumzupinseln.

„Weg?“, will er wissen.

Ich nicke.

„Ist total scheiße das“, sagt er und deutet auf seinen Rucksack, den er offen neben sich liegen hat.

„Alles voll, meine ganzen Bücher, mein Handy, alles. Das krieg ich nie mehr raus.“

Ich schweige betreten. Weil ich weiß, was jeder weiß.

Dass das mit Eliahs Füller in Phillips Schultasche kein Zufall war. Dass es Absicht war. Dass es Tenka war.

„Der Schrittwieser sagt, ich muss Eliah seine Füllfeder ersetzen.“

Phillip schüttelt den Kopf, dann gehen ihm die Worte aus und es wird still zwischen uns.

Ich höre den Bus pfauchen und die Reifen durch die Regenlacken pflügen.

Die Tür schwenkt auf. Vier Leute steigen in den Bus.

Ich setze mich neben Phillip in die erste Reihe.

„Wo fährst du eigentlich hin?", fragt er, während er seinen dünnen Körper in eine halbwegs bequeme Position bringt.

Ich versuche, die Frage zu überhören, geht aber nicht, weil Phillip nicht locker lässt.

„Hab dich noch nie im Bus gesehen."

„Ja", sage ich knapp. „Ich besuche wen."

„Aha. Und wen?"

„Irgendwen halt!", schnauze ich ihn an und er zuckt zusammen und sagt nichts mehr.

„Und du?", frage ich, wesentlich sanfter jetzt.

Ich wollte ihn nicht so anblaffen, aber ihm von Jan zu erzählen, soweit kommt's noch.

„Leinenstraße, drüben in der Siedlung. Mein Dad wohnt da."

Er kratzt sich die wirren Haare.

„Und deine Mama?", frage ich und denke noch, was mich das jetzt angeht.

Aber Phillip findet da nichts dabei. Redet. Erzählt. Dass seine Mama eh noch in der Stadt wohnt, in der alten Wohnung, dass sie jetzt aber einen neuen Freund hat. Und dass *er*, Phillip, mit seinem Papa vor einem Jahr in eine andere Wohnung gezogen ist, die kleiner ist und billiger, weil sein Papa nicht so viel verdient. Der arbeitet nämlich als Portier in einem Hotel, auch in der Nacht.

„Wenn Dad Nachtschicht hat, passt immer Maureen auf mich auf. Das ist meine Tante. Die ist aber echt okay. Bei der darf ich aufbleiben, solange ich will."

Ich höre zu und denke: Was der auf einmal reden kann!

Ich meine, im Unterricht da kriegt er kaum ein Wort heraus, und jetzt?

„Bist ja voll die Plaudertasche!"

Es rutscht mir einfach heraus und kommt zu schnippisch, als dass ich mich mit einem Lächeln retten könnte.

Phillip verstummt augenblicklich, dreht sich zum Fenster und starrt still vor sich hin. Verdammt.

„Hey", sage ich zerknirscht. „War nicht so gemeint. Ich bin nur überrascht. Ich meine – sonst bist du ja nicht so der Reder."

Phillip zuckt mit den Schultern, lässt meine Entschuldigung aber offenbar gelten.

Als er sich mir wieder zuwendet, hat sich etwas in seinem Blick verändert.

„Übrigens weiß ich es", sagt er.

Ich bin verwirrt.

„Vorhin in Reli. Da hast du gefragt, wie das ist, wenn man stirbt."

„Äh. Ja? Und?"

„Ja und – ich weiß es."

Hinter meiner Stirn fängt es angestrengt an zu rattern

und genauso muss ich wohl auch aussehen, das erkenne ich an Phillips amüsiertem Gesicht.

„Ich versteh nicht ganz“, sage ich und versuche seinen Blick zu deuten.

Verarscht der mich jetzt oder was?

Ich beschließe, dass es wohl so sein muss und werde bissig.

„Klar. Bist du der auferstandene Tote, oder wie? Oder woher willst du das sonst wissen?“

Aber Phillip bleibt unbeirrt.

„Von meiner Tante“, sagt er und sieht dabei nicht aus, als würde er sich über mich lustig machen wollen.

„Deiner Tante? *Der* Tante? Bei der du aufbleiben darfst, solange du willst?“

Phillip nickt.

„Und die war schon mal tot oder was?“

Wieder Nicken.

Ich schüttle halb belustigt, halb irritiert den Kopf.

„Phillip, du hast echt einen Knall!“

Mehr fällt mir dazu nicht ein.

Ich meine, so wie der schaut, glaubt der das echt, was er da redet.

„Ehrlich“, bekräftigt er. Und bevor ich abwinken kann, fügt er hinzu: „Das ist schon ein paar Jahre her. Tante Maureen hat einen Unfall gehabt. Mit dem Auto. Sie war echt schwer verletzt. Sehr schwer. Ihr Herz hat nicht mehr geschlagen. Also eigentlich schon tot, sagt sie.“

Er sieht mich eindringlich an.

„Wirklich, sie hat es mir erzählt. Ich weiß jetzt auch nicht mehr jede Einzelheit, aber sie hat gesagt, dass sie nicht mehr in ihrem Körper war."

Ich starre Phillip an.

„Wie, nicht in ihrem Körper? Und die, also, ich meine ...?"

Ich weiß nicht weiter. Zu viele Gedanken wirbeln mir auf einmal im Kopf herum.

„Du kannst sie gern selber fragen, wenn du mir nicht glaubst. Ehrlich, ich lüge nicht!"

Und da, wie ferngesteuert, nicke ich.

„Wann?"

Ich glaube, er hat nicht erwartet, dass ich das wirklich will und wirkt kurz überrumpelt.

Ehrlich gesagt, bin ich selbst überrascht.

Aber dann meint er: „Morgen. Morgen ist sie da. Ab vier. Leinenstraße sieben, bei Top drei läuten."

Auf dem kleinen Monitor im Bus, wo die nächsten Halte angezeigt werden, blinkt *Landesklinikum*.

„Okay", sage ich, „dann bis morgen."

Drücke den Knopf an der Haltestange.

Und schwinge mich in den Regen.

2

Es ist Nachmittag. Papa steht am Herd, schwitzt.

Ich sitze in der Küche zwischen blubbernden Töpfen und mache Hausaufgaben, während Mama hektisch zweimal Café Latte und einen Espresso für die Gäste draußen richtet.

„Hast du kurz Zeit, Bienchen?", fragt sie. „Ist gerade ziemlich viel los und die auf Tisch vier warten schon seit fast einer viertel Stunde auf ihre Bestellung."

Ich nicke, schlage mein Vokabelheft zu und greife mir das Tablett.

„Tisch zwei", sagt Mama und deutet auf die drei Kaffees.

Ich suche in meiner Hosentasche, finde einen lila Haargummi, streiche mir die Haare zurecht und binde mir einen Pferdeschwanz. Schnappe mir das Tablett und will schon zur Tür raus, da ruft Mama mir hinterher: „Bienchen!", und deutet auf meine Füße.

Ich maule kurz, weil es heiß ist und ich lieber barfuß bleiben würde, aber Mama diskutiert bei so was nicht. Also schlüpfe ich in meine Turnschuhe.

Mama nickt zufrieden und hält mir die Tür auf.

Die Getränke in der Hand, steuere ich auf Tisch zwei zu, an dem drei ältere Damen mit schicken Feiertagsfrisuren sitzen.

Es ist wirklich viel los.

Wenn es so warm ist wie heute, sind auch die Tische im Freien alle voll.

Hinter dem Kleiderständer am Fenster entdecke ich Jockel mit Frau Almut bei einer Partie Mühle und werde wehmütig, weil ich plötzlich merke, wie gern ich mich jetzt dazusetzen und ihnen von gestern erzählen würde. Von Jan und Beere und davon, wie furchtbar mulmig mir anfangs war, von dem Krankenhausgeruch, und weil ich nicht gewusst habe, was ich reden soll.

Aber dann hat Beere begonnen, Jan und mir ein Puppentheater vorzuspielen. Eines über sprechende Infusionsbeutel und verzauberte Gummihandschuhe. Das war lustig. Am Ende ist die Zeit so schnell vergangen, dass ich fast den Bus nachhause verpasst hätte.

Trotzdem – ich weiß, dass es Jan nicht gut geht. Ich meine, er sieht zwar nicht aus, als würde er gleich sterben, aber das heißt nichts, so viel hab ich schon verstanden. Und wenn ich mir vorstelle, wie Beere sich fühlen muss. Und dass er nichts tun kann außer warten –

„Entschuldigung, Fräulein!"

Ich drehe mich um.

„Zahlen, bitte!"

Ich nicke kurz, aber kassieren darf ich nicht.

Mama sagt, da müssen meine Noten in Mathe erst noch besser werden. Als ob ich nicht ein paar einfache Preise zusammenrechnen könnte.

„So. Zweimal der Latte. Und der Espresso."

Die drei Damen lächeln verzückt.

Im Gehen schaue ich noch einmal zum Fenster.

Frau Almut gewinnt mal wieder. Ich glaube, sie schummelt und ich glaube, Jockel weiß das auch. Aber er tut so, als würde er nichts merken, um ihr die Freude nicht zu verderben.

Zurück in der Küche warten ein Eistee und zwei Melange.

„Kommt alles raus auf die Neun."

Mama bläst sich eine Strähne aus der Stirn.

„Die auf Tisch drei wollen zahlen", sage ich.

Mama nickt, küsst mich im Vorbeigehen auf den Kopf und ist schon wieder weg.

Papa lächelt mir zu. Dann fällt ihm ein:

„Ah ja, Biene! Hab ich ganz vergessen. Shirin hat vorhin angerufen."

Er wischt sich die Hände in die Schürze, greift nach dem Telefon.

„Ich hab gesagt, du rufst zurück."

Wir tauschen Tablett gegen Hörer.

Ich wähle. Höre es tuten. Einmal, zweimal ...

„Hallo?“

„Hi Shirin.“

„Biene. Ich hab schon gedacht, du rufst gar nicht mehr an.“

„Tut mir leid, mein …“

„Ja, ja, ja. Das kannst du mir alles später erzählen. Du, ich … also, es geht darum, ich muss dich was fragen.“

Shirins Stimme klingt aufgekratzt.

„Heute ist ja diese Party.“

Sie macht eine Pause. Horcht, ob ich verstehe.

Als ich nichts erwidere, fügt sie hinzu:

„Bei Tenka. Max geht da auch hin.“

„Ah. Ja.“

Ich erinnere mich vage.

„Also, Biene, hör zu. Ich muss da unbedingt hin, okay. Wegen Max, verstehst du? Ich – ich mag den echt.“

Kurze Stille und ich sehe Shirin vor mir, wie sie sich verlegen auf die Lippe beißt.

„Ja, jedenfalls will ich nicht alleine da aufkreuzen. Also hab ich mir gedacht, vielleicht, … vielleicht, … kannst du ja …?“

„Mitkommen?“, frage ich entgeistert. „Zu Tenka?“

„Er hat sicher nichts dagegen. Komm schon, Biene, das wird bestimmt cool. Bitte! Gib dir einen Ruck!“

Ich schüttle den Kopf.

„Nein, tut mir leid, aber …“

Ich schlucke.

Aber – was eigentlich?

Aber: Maureen!, beantworte ich mir die Frage selbst.

Außerdem, was um Himmels willen habe ich auf einer Party von Tenka verloren?

Aus dem Hörer kommt wildes Flehen.

„Biiiitteeee! Bittebittebittebitte!"

„Tut mir leid, Shirin, echt, aber ich kann nicht."

„Mann! Wieso denn? Biene, was, wenn ich da sonst niemanden kenne?"

„Du kennst doch Max", halte ich dagegen und muss mich über mich selber wundern.

Was genau ist das hier gerade? Ich lasse meine beste Freundin hängen und besuche stattdessen den Milchbubi der Klasse, um eine Tante zu interviewen, die angeblich von den Toten auferstanden ist?

„Okay, Biene." Shirin gibt auf. „Kann ich wenigstens meiner Mama sagen, dass du auch hingehst? Du weißt ja, wie die bei solchen Sachen ist und wenn sie spitz kriegt, dass die Einzigen, die ich auf der Party kenne, zwei Burschen sind, erlaubt sie mir das nie."

„Ja", sage ich. „Klar. Mach das!"

„Okay, danke."

Und dann erzählt sie noch ein bisschen von Max. Wie er ihr gestern im Park auf dem Handy Fotos von seinem Hund gezeigt hat und dass der echt total süß ist und:

„Hast du gewusst, dass Max auch Hasen hat? Der ist voll tierlieb."

Ich schiele auf die Uhr. Überschlage die Zeit.

Mit dem Rad schaffe ich es vielleicht in fünfzehn Minuten in die Krähwaldsiedlung.

Jetzt ist es kurz nach drei.

Shirin redet immer noch über Max und was sie anziehen soll zu der Party heute und ich höre zu und kratze eingetrockneten Kaffeesatz vom Boden einer Tasse.

Papa kommt wieder rein, sieht nach seinem Omelette, schält einen Block Schafkäse aus dem Plastik und beginnt, ihn in kleine Würfel zu schneiden. Mama rauscht an mir vorbei, räumt Geschirr in die Spülmaschine. Ich verstehe kaum ein Wort bei dem Geklapper.

„Viel los bei euch, was?", höre ich Shirin gegen Mamas Tellerscheppern anreden.

„Ja", sage ich. „Samstagnachmittag, kannst dir ja vorstellen. Ich muss dann auch wieder. Helfen und so. Weißt schon."

„Das ist voll Kinderarbeit!", empört sich Shirin, aber ich höre, dass sie grinst.

„Viel Spaß heut Abend."

„Danke. Drück mir die Daumen, okay?"

„Wird schon gut gehen."

„Also dann."

„Ja, dann."

„Tschüs", sagt sie.

„Tschüs", sage ich.

Und lege auf.

Aus Papas Pfanne dampft es, der Geschirrspüler brummt.

Mama an der Kaffeemaschine schaut mich an.

„Alles klar?"

Ich nicke. „Jaja, alles gut."

Ich sehe zwei Stück Marillenkuchen und ein Kännchen Tee vor ihr auf der Anrichte stehen und belade schnell wieder mein Tablett. Mama lächelt ihr Mamalächeln.

Zu dem Rooibos Vanille in meiner Hand sagt sie: „Kommt auf Tisch fünf."

Und hält mir die Tür auf.

Im Hinausgehen bleibe ich noch einmal stehen.

„Mama?"

Die Küchenuhr zeigt sieben vor halb vier.

„Ich muss gleich nochmal weg."

„Weg? Wohin?"

„Zu Phillip."

„Phillip? Welcher? Wer ist das?"

„Aus meiner Klasse. Der letztens die Torten geholt hat. Weißt du noch? Er wohnt drüben in der Krähwaldsiedlung. Ich bleib auch nicht so lang."

Mama macht die Augen eng und zieht eine Braue hoch.

Ich sehe Papa, wie er Mama einen vielsagenden Blick zuwirft und beginnt, mit geschürzten Lippen Küsse in der Luft zu verteilen.

„Hör auf!“, fauche ich ihn an.

Dass der immer alles so verdrehen muss in seinem Kopf.

„Ich – ich muss dem noch was bringen. Für die Schule.“

Papa grinst blöde.

Mann! Dann soll er doch denken, was er will.

Die Wahrheit ist zu kompliziert und ich habe weder Zeit noch Lust, jetzt alles zu erklären.

„Also? Was ist? Darf ich?“

„Lass sie doch, Svenja. Du hast doch gehört, sie muss ihm noch was …“, Papa malt mit den Fingern Anführungsstriche in die Luft „… *bringen*!“

Mama klopft ihm strafend auf den Hintern, aber das amüsierte Lächeln auf ihrem Mund verrät, dass Papa es geschafft hat.

„Meinetwegen. Aber zum Abendessen bist du wieder da!“

Damit scheucht sie mich vor sich her aus der Küche. Räumt Tisch drei ab, während ich schnell noch die auf fünf bediene, und dann im Eiltempo die Stufen hinaufflitze. Schlüssel, Pulli, Geld, Wasserflasche, Rucksack, wieder holterdipolter die Stiege runter, „Tschü-üs!“, Fahrrad vom Geländer gepflückt und ab mit Affenzahn. Srednikgasse rein, Mühlgasse, links die Pappelallee, am Bahnhof vorbei, die Abkürzung über die Sportanlage und dann die Promenade bis zur Fußgängerbrücke.

Die Leinenstraße ist die erste auf der anderen Seite vom Fluss.

Ich steige ab und schiebe.

Zähle Häuser.

Nummer sieben ist ein Bau wie alle hier in der Krähwaldsiedlung. Grau, eckig, mit langweiligen Fenstern. Ich lehne mein Fahrrad an die Mauer, stapfe die zwei Treppen zum Eingang hinauf, überfliege die Klingelschilder, drücke Top drei.

Aus einem offenen Fenster klingelt es.

Dann surrt die Gegensprechanlage und ich stemme die Türe auf.

3

Im Stiegenhaus ist es kühl und muffig.

Nummer drei ist im ersten Stock, die Tür nur angelehnt.

Ich klopfe.

„Ist offen!“, höre ich von drinnen.

Ich schiebe mich ein Stück hinein und blinzle in die Wohnung. Sehe Schuhe auf dem Teppich, an der Wand Haken mit Jacken dran, Regenschirme.

Einen Wäscheständer.

Dahinter steht ein breiter Mann mit dichtem Backenbart, freundlich blitzenden Augen und roten Haaren, die genauso wirr vom Kopf abstehen, wie die von Phillip.

Der Mann nimmt gerade ein Leintuch ab und legt es in den Plastikkorb neben sich.

Als er mich entdeckt, macht er ein überraschtes Gesicht.

„Verzeihung?“ Er sieht mich forschend an. „Was ...“

Offenbar weiß er nicht, wie er den Satz beenden soll.

„Ich ... wollte zu Phillip“, sage ich zögernd. „Bin ich da richtig?“

Die Verwirrung im Gesicht des Mannes weicht einer Verwunderung.

„Du ...?“ Wieder bricht er nach dem ersten Wort ab, nickt dann aber und bittet mich herein.

Ich streife mir die Schuhe von den Füßen, tapse barfuß in die Wohnung.

„Phillip ist in seinem Zimmer“, sagt der Mann und deutet über die Schulter zu einer blau bemalten Tür neben der Couch.

Ich nicke wortlos, stehe da und komme mir irgendwie blöd vor.

Der Mann lächelt.

„Ich bin übrigens Ryan, Phils Dad.“

Er streckt mir die Hand hin. Schüttelt meine.

„Biene!“, sage ich einsilbig.

„Biene.“ Er strahlt mich an. „Es ist mir ein Vergnügen, endlich einmal einen von Phils Freunden kennenzulernen.“

Ich nicke wieder und frage mich, wie viele Freunde Phillip denn wohl hat.

Ryan klappt den Wäscheständer zusammen, lehnt ihn an die Wand. Stellt den Wäschekorb daneben.

„Du musst entschuldigen, ich bin ein wenig im Stress“, sagt er und fischt nach seinem Handy, das auf dem kleinen Küchentisch liegt. „Ich sollte schon in der Arbeit sein.“ Blick auf das Display. „Phil!“, ruft er und zieht gleichzeitig sein Sakko über. „Besuch für dich!“

Greift nach einer Tasche, klopft an Phillips Tür.

Die Tür geht auf und da steht Phillip und schaut mich an.

„Hi“, sagt er.

„Hi“, sage ich.

„Hätte nicht gedacht, dass du wirklich kommst.“

Ich zucke mit den Schultern, lächle verlegen. Es ist ungewohnt, ihn so zu sehen, da in seiner Wohnung, bloßfüßig, in Jogginghose und Shirt, sein schmales Gesicht, seine grünen Augen, die wilden Haare, in die der Vater jetzt seine Hand vergräbt und sagt, dass Maureen jeden Moment da sein wird und Essen steht in der Mikrowelle.

Ryan zwinkert mir zu. „Hat mich gefreut“, sagt er. Winkt und ist weg.

Plötzlich ist es sehr still.

Ich stehe da und Phillip steht da auch und keiner sagt was. Nur eine Uhr tickt irgendwo.

Phillip verstaut erstmal seine Hände in den Hosentaschen.

„Na gut.“ Wippt vor, wippt zurück, zuckt mit den Schultern. „Cola?“

Er angelt sich eine Flasche und zwei Gläser aus dem Schrank.

„Lieber Wasser“, sage ich und Phillip dreht den Hahn auf, lässt eines der Gläser volllaufen, streckt es mir hin.

„Danke.“

Ich trinke gierig.

Dann stehen wir wieder da – Phillip konzentriert von seinem Cola nippend, ich gegenüber, halte mich gut am Glas fest und schaue mich um.

Die Wohnung ist dunkel, aber gemütlich. Postkarten an den Wänden, eine Gitarre, ein paar Pflanzen. Kerzen im Fenster, Büchertürme auf dem Teppich. Möbel gibt es kaum. Eine kleine Küche, der Tisch, zwei Sessel, ein Kasten und die Couch.

Mein Blick fällt auf die blaue Tür daneben.

„Dein Zimmer?“, frage ich, obwohl ich es weiß.

Phillip nickt und geht voraus.

„Wow!“

Ich staune nicht schlecht, als ich den kleinen Raum betrete.

Phillip lässt sich auf die Matratze fallen, die mitten im Zimmer am Boden liegt.

„Gefällt es dir?“, fragt er und ich merke, dass er sich über mein verblüfftes Gesicht freut.

„Das ist …“ , stammle ich und versuche dafür Worte zu finden. „Hast *du* das gemalt?“

„Ist noch nicht ganz fertig, die eine Wand fehlt noch.“

Er deutet Richtung Fenster, wo die Mauer noch kalkweiß und leer ist.

Überall sonst sind die Wände voll bemalt mit Bäumen, Blättern, Pflanzen, dazwischen Fabelwesen, Drachen, Kobolde, Gnome, Elfen.

„Wahnsinn!“ Ich stehe da und kriege den Mund nicht zu. „Das ist echt der Wahnsinn, Phillip!“

„Danke“, sagt er verlegen.

Dann greift er hinter sich, fummelt ein Kabel mit Schalter unter einem Stoß Büchern hervor und deutet auf eine kleine Discokugel an der Decke.

„Ich zeig dir was!“

Er zieht die Vorhänge zu. Knipst den Schalter an.

Die Kugel beginnt sich zu drehen und augenblicklich tanzen tausend leuchtende Punkte um uns herum. Es ist wie in einer fremden Welt, der Wald, das Grün, die Lichter wie kleine schwirrende Sterne. Als würden wir in einem Märchen sitzen, nur dass es hier drin nicht nach Zauberblumen riecht, sondern eher ein bisschen nach Paprikachips und verschwitzten Socken.

„Ich hab gar nicht gewusst, dass du so gut malen kannst“, sage ich nach einer Weile, in der ich nur schweigend dagesessen bin und gestaunt habe.

„Meine Mum hat mal was mit Kunst gemacht.“

Phillip hockt im Schneidersitz auf der bunten Bettdecke und kippt sich den letzten Rest Cola in den Mund. „Vielleicht hab ich da was von ihr geerbt.“

„Hast du noch mehr? Also Bilder, meine ich.“

„Nur Skizzen.“

Er macht sich lang und zieht ein abgegriffenes, schwarzes

Buch unter einem Haufen Schulzeug hervor, hält es mir hin.

„Magst sehen?"

Ehrfurchtsvoll blättere ich durch die Seiten.

„Das ist echt – so schön!", sage ich und kann meinen Blick gar nicht losreißen, von all den Figuren und Szenerien, die sich mir darbieten.

Phillip grinst. „Cool, dass es dir gefällt."

Gefallen, denke ich, gefallen ist gar kein Ausdruck.

„Du solltest Tätowierer werden."

„Was? Wieso?"

„Wieso nicht?", frage ich. „*Ich* will später mal Tätowiererin werden."

„Ernsthaft?"

Ich nicke bestimmt.

„Dann zeichnest du auch?"

Nochmals Nicken. „Ja, so gut wie du kann ich das nicht, aber ich übe fleißig."

Er grinst wieder und das ist ansteckend.

„Musik?", fragt er, steckt das Kabel von den Boxen in seinen iPod und macht ein Lied an.

„Wer ist das?", will ich wissen.

„ABBA. Kennst du die?"

Ich schüttle den Kopf. Kann aber sein, dass Mama oder Papa eine Platte von denen haben, so retro wie die klingen.

Wir horchen das Lied und ich denke: Das ist also Phillips Musik.

Phillip hat eine halbvolle Packung Chips gefunden und stellt sie zwischen uns, holt mir nochmal Wasser, weil mein Glas schon leer ist.

Ich scrolle durch seine Playlist. Schaue, was da sonst noch so in seinem Zimmer ist. Finde *Die Tribute von Panem* und *Tintenherz* in seinem Bücherstapel, eine Schachtel mit *Lego Technic*, eine Dose mit glibbrigem, grünem Schleim, wo man die Finger reinstecken kann und sich dabei ekeln. Außerdem eine schwarze Gummieidechse, DVDs von Filmen, die nach Fantasy aussehen, Schwimmflossen, Klamotten, einen kleinen goldenen Pokal.

„Wo hast du denn *den* gewonnen?“

„Schwimmstaffel“, erklärt Phillip. „In der Volksschule. Ist aber nur zweiter Platz.“

Von draußen höre ich Schlüssel scheppern.

Wenig später taucht ein blasses, rundes Gesicht im Türspalt auf.

„Oh“, sagt es.

„Hi Maureen.“

„Hey, Phil, sorry. Ich wollte nur sagen, ich bin jetzt da. Dann stör ich auch schon nicht mehr.“ Entschuldigendes Wimpernklimpern.

„Kein Problem.“ Phillip deutet zwischen mir und der zierlichen Frau hin und her.

„Biene, das ist Maureen. Maureen das ist – Sabine. Aus meiner Klasse.“

„Biene“, korrigiere ich.

Maureen lächelt.

„Ich bin die Tante“, sagt sie.

Und ich werde augenblicklich nervös, weil mir plötzlich wieder einfällt, warum ich da eigentlich sitze, da in Phillips Zauberwald.

„Ich ... also, Phillip hat mir erzählt, dass ...“

Alles in mir schreit danach, sofort und auf der Stelle, Maureens Geschichte zu hören.

Aber wie soll ich die denn bitte danach fragen? Ich kenn die ja gar nicht und überhaupt.

Phillip?!

Phillip braucht einen Moment, um zu kapieren, was mein stummer Hilferuf zu bedeuten hat.

Dann aber versteht er.

„Tante Maureen?“

„Ja?“

Er zögert.

„Biene ist eigentlich deinetwegen hier.“

Maureen schwenkt verwundert auf mich.

„Meinetwegen?“

Und ich weiß, es wäre jetzt an mir, etwas zu sagen.

Aber ich bin immer noch überfordert mit der Situation.

Also übernimmt Phillip wieder.

„Ich habe Biene von deinem Unfall erzählt“, sagt er. „Sie wollte wissen, wie das war und ich habe gedacht, am besten fragt sie dich einfach selber.“

Schweigen.

Keine Ahnung, was ich mir erwartet habe.

Dass Maureen munter drauflos plaudert?

Ihre persönlichsten Erlebnisse mir-nichts-dir-nichts vor einem wildfremden Mädchen ausbreitet?

Einfach so?

„Bitte“, sage ich leise. Und finde endlich wieder Worte.

„Jemand, den ich gut kenne, wird vielleicht nicht mehr lange am Leben sein. Ich muss einfach wissen, ob da was ist nach dem Tod.“

Damit ist es raus.

Und einen Moment lang ist es unerträglich still.

Schließlich aber nickt Maureen.

4

129.000 Suchergebnisse zum Begriff „Nahtoderfahrungen“.

Nahtoderfahrungen sind individuelle Erlebnisse und Wahrnehmungen, mit oft charakteristischen und wiederkehrenden Mustern, an der Schwelle zum Tod.

Menschen, die Nahtoderfahrungen gemacht haben, berichten häufig vom Verlassen des eigenen Körpers, von einem Tunnel, an dessen Ende sich ein Licht befindet, der Begegnung mit übernatürlichen Wesen oder von einer Rückschau auf das eigene Leben. Die Wissenschaft vermutet die Ursache für dieses Phänomen in einer Überfunktion des Gehirns unmittelbar nach dem Herzstillstand. Wirklich gelöst werden konnte das Rätsel aber bis heute nicht.

5

Mamas Schuhe trippeln hektisch durch die Wohnung.

Papa kommt aus dem Bad, ist frisiert und riecht heftig nach Parfüm.

Mama mag das und fängt an zu schnurren. Stellt sich vor den Spiegel, hängt sich weiße Perlen an die Ohren, säuselt: „Jonas, kannst du mir da mal helfen?“, und dreht Papa den Rücken zu.

Sie hält sich die Haare hoch und Papa versteht und zippt den Reißverschluss an Mamas Kleid zu. Streichelt ihre Schultern, küsst ihren Nacken, sagt was in ihr Ohr.

Mama kichert.

Noch Wimperntusche, Lippenstift, Puder auf die Wangen.

Papa schaut auf die Uhr.

„Okay“, sagt er. „Fertig?“

Mama nickt, hakt sich bei Papa unter.

Sie steuern zur Treppe. Ich folge ihnen nach unten.

Das Café ist längst geschlossen.

Nur Jockel sitzt mit Almut noch an seinem Fenstertisch.

„Vergiss nicht, um zehn bist du im Bett! Morgen ist Schule.“

„Ja, Mama. Weiß ich.“

Jockel grinst.

Frau Almut hebt den Zeigefinger.

„Da hörst du's!“, mahnt sie mit gespielter Strenge.

Es ist Sonntag und Mama und Papa gehen aus. Ich finde zwar, dass ich alt genug bin, um auch einmal einen Abend allein zu verbringen, aber Mama sagt, es ist ihr wohler, wenn Jockel auf mich aufpasst. Und da hat Almut gemeint, sie hätte auch Zeit und deshalb sitze ich jetzt mit den beiden vor einem großen Stück Karottenkuchen mit Orangencreme.

Mama greift sich ihre Handtasche, Papa zupft den Schlüsselbund vom Haken.

„Also dann! Wenn irgendwas ist, ich hab mein Handy dabei.“

Mama hält zum Beweis ihr Telefon hoch.

„Ja, ja“, brummt Jockel gemütlich. „Wir werden das Kind schon schaukeln. Ist ja schließlich kein Baby mehr. Und auf Frau Almut habe ich ein Extra-Auge.“ Er grinst.

Mama seufzt dankbar. Dann folgt sie Papa nach draußen und die Tür fällt zu.

„Sturmfrei“, jauchzt Almut und schmeißt die Hände in die Luft.

„Jockel, dreh die Polka auf und hol den Schampus aus der Küche! Jetzt lassen wir es krachen!“

Als sie Jockels schockierten Blick bemerkt, lenkt sie kichernd ein: „Musst ja nicht gleich so schauen, ich mach doch nur Spaß. Aber du könntest uns einen Kakao kochen, oder Sabine? Der Kuchen ist schon ein bisschen trocken."

Sie grinst und freut sich diebisch, weil Jockel tatsächlich nach hinten geht und Milch aufstellt. „Siehst du? Man muss nur sagen, was man will."

Sie greift zur Gabel und spießt sich ein Stück von der Mehlspeise auf.

„Aber jetzt erzähl mal du!"

Sie rückt mit dem Stuhl näher und glupscht mich erwartungsvoll an.

„Ich sehe dir an, dass du was auf dem Herzen hast."

Ich nicke vorsichtig. Eines muss man Almut lassen – vormachen kann man ihr nichts. Sie hat ein unglaubliches Gespür für die unausgesprochenen Dinge. Oder sie kennt mich einfach zu gut.

Wie auch immer. Sie hat Recht.

Maureens Schilderungen lassen mir schon den ganzen Tag keine Ruhe.

Und schließlich muss ich mir eingestehen, dass, wenn mir die Geschichte überhaupt einer glaubt, es wohl am ehesten Frau Almut ist.

„Okay", sage ich deshalb.

Nur womit fange ich an?

Vielleicht damit, wer Maureen eigentlich ist.

Mit ihrem Unfall vor vier Jahren. Dem Schaf auf der Straße, das sie zu spät bemerkt hat. Damit, wie ihr Wagen ins Schleudern gekommen und in den Graben gestürzt ist.

Ich erzähle alles, versuche, kein Detail auszulassen.

„Maureen sagt, das Letzte, was sie mitbekommen hat, war das fürchterliche Splittern und Krachen des Autos. Und dann nichts mehr. Das Nächste, woran sie sich erinnern kann, ist, dass sie geschwebt ist."

„Geschwebt?" Almuts Augen leuchten auf.

„Ja, sie hat dabei aber alles mitbekommen, was unter ihr passiert. Sie hat den Krankenwagen gesehen und wie die Rettungsleute den Sicherheitsgurt durchgeschnitten und ihren Körper aus dem Auto auf die Wiese hinausgehoben haben. Nur sie selbst war *über* alldem. Außerdem hat sie von einem Licht erzählt, wie die Sonne, nur noch stärker."

Frau Almut schiebt sich einen Bissen Kuchen in den Mund, ohne dabei ihren Blick von mir zu wenden.

„Und das Arge dabei ist, dass sie keine Sekunde lang Angst hatte. Sie hat gewusst, das war's, ich sterbe, aber trotzdem war sie ganz ruhig, ja, richtig glücklich, sagt sie."

Ich sehe sie vor mir, Maureen, wie sie mir gegenüber sitzt, die dünnen Hände ineinander gefaltet, lächelnd. Daneben

Phillip, schweigsam und andächtig, während seine Tante davon erzählt, wie es war, tot zu sein.

„Maureen sagt auch“, fahre ich fort, „dass sie eine Stimme gehört hat, die ihr zugeredet hat. Eine Stimme aus dem Licht, die ihr versprochen hat, dass sie sich nicht zu fürchten braucht, weil alles gut ist.“

„Faszinierend!“

„Ja, und das Beste kommt noch: Maureen hat die Stimme nämlich erkannt. Es war die von ihrer Großmutter. Die ist aber schon seit dreißig Jahren tot.“

„Himmel, Schimmel!“

In Almuts Gesicht lese ich Ergriffenheit, Begeisterung und etwas, das ich nicht genau einordnen kann. Vielleicht Ehrfurcht.

„Und was hat Maureen am Ende dann doch bewogen, den Schritt zurück ins Diesseits zu tun?“

„Na ja. Sie hat etwas von einer Spritze erzählt“, sage ich. „Irgend so ein Zeug, von dem das Herz wieder anfangen soll zu schlagen.“

„Adrenalin.“ Jockel kommt aus der Küche mit zwei dampfenden Tassen.

Ich nicke und überlege gleichzeitig, wie viel von unserem Gespräch er wohl mitbekommen hat.

„Genau! Dieses Adrelin-Ding, das haben die ihr gegeben, die Ärzte. Also dem Körper am Boden, dem haben die das gespritzt. Und da hat sie plötzlich etwas gespürt, einen starken Schmerz und dann war auf einmal alles finster. Maureen hat die Augen aufgemacht und …“

„War wieder zurück!“, vervollständigt Almut.

Jockel stellt den Kakao auf den Tisch und blickt skeptisch zwischen Almut und mir hin und her. Sein Gesicht verrät, dass er keinen Plan hat, worum es geht und es vielleicht auch gar nicht so genau wissen will.

„Hexenkram?“, fragt er.

Frau Almut funkelt ihn böse an.

„Hexenkram! Hexenkram! Mein Lieber, jetzt sag ich dir was, du spirituelles Trampeltier. Hier geht's um Astralwanderung, Grenzerlebnisse zwischen der diesseitigen und jenseitigen Existenz. Und du redest von …“

„Hexenkram, sag ich ja!“

Almut schnaubt was von Hopfen und Malz verloren bei dem und dass ihm ein bisschen mehr spirituelle Sensibilität nicht schaden könnte.

Jockel schmunzelt nur. Klemmt sich eine Zeitung unter den Arm.

„So oder so, ich geh mal aufs Klo.“

Frau Almut schüttelt den Kopf.

„Alter Kauz. Hat einfach keinen Sinn für die fünfte Dimension. Aber dafür einen knackigen Hintern.“

Sie hebt ihre Tasse. Prostet mir zu.

„Na sdorowje, Sabine!“

„Na sdorowje“, sage ich und lasse meinen Becher gegen ihren klicken.

Wir schlürfen und sitzen und hängen unseren Gedanken nach.

„Glaubst du“, frage ich irgendwann, „glaubst du, auf Jan wird auch jemand warten? Ich meine, falls er stirbt? Denkst du, es kümmert sich dann wer um ihn, oben im Himmel?“

„Du meinst, so wie die Großmutter bei Maureen? Ja. Schon möglich.“

Aber wer?

Jan kennt doch überhaupt keinen von den Verstorbenen.

Wer also sollte auf ihn warten?

„Es gibt niemanden“, sage ich und ich glaube, Frau Almut versteht, was ich meine, denn sie streicht sich nachdenklich die Nase und starrt konzentriert in ihren Kakao.

„Nun, wir könnten ja jemanden bitten“, sagt sie schließlich.

„Wie? Was meinst du mit *bitten*?“

„Na, eine Séance!“

„Eine was?“

„Eine Séance!“

Sie strahlt mich an.

„Eine Séance ist so etwas wie eine spirituelle Sitzung, bei der man Kontakt mit dem Jenseits herstellt. Also eine Art Geisterbeschwörung, wenn du so willst. Oder sagen wir, ein Telefonat mit den Verstorbenen.“

Sie kichert amüsiert, findet den Vergleich offenbar sehr gelungen.

„Du wirst sehen, Biene, das wird fabulös! Jetzt müssen wir nur noch überlegen, wen wir anrufen wollen. Fällt dir jemand ein?"

Ein Toter?

Ich überlege.

Aber eigentlich ist es leicht.

Weil eigentlich gibt es da nur einen.

„Opa", sage ich.

„Der Opa! Na bitte!" Frau Almut sucht meine Hand und drückt ihre knittrigen Lippen dagegen.

„Dann fragen wir den!"

In diesem Moment klopft es an die Fensterscheibe. Ich schaue auf. Und schlagartig rauscht mir das Blut in den Ohren.

„Was will *der* denn?", stammle ich und bemühe mich, mir die Aufregung nicht zu sehr anmerken zu lassen.

Phillip winkt mir vorsichtig entgegen.

Ich eile zur Tür, sperre ihm auf.

„Hi", sage ich. Hebe die Augenbrauen zur Frage.

Und er: „Stör ich?"

Im ersten Moment weiß ich nicht, was ich sagen soll. Also schüttle ich stumm den Kopf und deute ihm, dass er reinkommen soll.

Phillip lächelt nervös. Steht erst mal da. Schaut. Wie Phillip eben schaut. Groß und grün.

„Ich hab gesehen, dass Licht brennt“, sagt er. „Und da hab ich gedacht, ... also ich hab gehört, es soll hier guten Kuchen geben.“

Ich muss lachen.

„Kuchen? Ja, Kuchen kannst du haben!“

Ich laufe in die Küche, hole Teller, Gabel, Serviette. Schneide ein großes Stück von dem Karottenkuchen ab. Kakao dazu. Mit Schlag und Zimt, so wie Papa ihn immer macht.

„Bitteschön!“ Ich stelle Becher und Mehlspeise auf den Tisch.

Phillip grinst und ich merke, dass meine Wangen glühen.

Frau Almut legt den Kopf schräg und beäugt den unerwarteten Gast neugierig.

„Sie kommen gerade recht, junger Mann“, näselt sie und streckt ihm zur Begrüßung ihre Hand hin. Allerdings nicht, damit Phillip sie schütteln soll, nein. Die Geste ist unmissverständlich – sie will einen Handkuss.

Und Phillip ist so überrumpelt, dass er sich tatsächlich vorbeugt und einen solchen andeutet.

Ich muss grinsen.

„Phillip, das ist Almut. Almut, das ist Phillip, von dem ich dir erzählt habe.“

Frau Almut nickt erfreut, umfasst Phillips Hände, zieht ihn ein Stück näher an sich heran und krächzt: „Sieh an, sieh an. Nun ist unser spiritueller Zirkel wohl vollständig.“

6

„Warte mal, nur damit ich das richtig verstehe."

Phillip schaut mich an, als wäre ich vom Mond.

„Also wenn diese Almut *Geist* sagt, dann meint sie ..."

Ich kann sehen, dass er sich wünscht, das alles wäre ein schlechter Witz und kurz zögere ich.

Dann aber nicke ich.

„Ja, genau das."

Phillip schüttelt vehement den Kopf.

„Und du findest das nicht irgendwie ...?" Er sucht nach dem richtigen Wort.

„Abgedreht?"

Er nickt. „So kann man es nennen."

Ich zucke mit den Schultern.

Um ehrlich zu sein, finde ich die Vorstellung mördergruselig. Ich meine, wenn es funktioniert, wenn wir tatsächlich mit Opas Geist kommunizieren, das wäre schon echt freaky. Auf der anderen Seite – es wäre *Opas* Geist. Und Opa, also, Opa, der ist bestimmt keiner von diesen fiesen Poltergeistern aus den Horrorfilmen.

„Opa ist sanft!", sage ich – mehr, um mich selber zu bestärken. Und: „Ich muss es zumindest versuchen, verstehst du? Für Jan!"

Seufzend gibt Phillip sich geschlagen.

„Also schön. Wenn ihr meint, dann rufen wir eben diesen Geist!“

Wir stolpern die Treppe nach oben und in meine Zimmerhöhle. Almut hat schon alles vorbereitet. Auf dem Boden ein Kreis aus Teelichtern, die sie aus dem Schlafzimmer von Mama und Papa stibitzt hat. Flackernde Flammen züngeln im leichten Wind, der zwischen den geschlossenen Vorhängen hindurch ins Zimmer strömt. Frau Almut bittet uns, in den Kreis zu treten und Platz zu nehmen.

„Wir beginnen“, raunt sie, als wir alle sitzen.

Sie strafft sich. Hände auf die Oberschenkeln, Daumen an Zeigefinger, Kopf nach vorne, die Augen geschlossen. Atmet tief.

Aus. Und ein. Und wieder aus.

„Hast du so was schon mal gemacht?“, frage ich.

Ein flaues Gefühl macht sich in meinem Magen breit. Plötzlich bin ich mir nicht mehr sicher, ob ich das alles wirklich will.

Almut wehrt ab.

„Nicht reden!“, mahnt sie. „Konzentriert euch!“

Gerne würde ich erfahren, *worauf* ich mich denn bitteschön konzentrieren soll, doch von Frau Almut ist keine Antwort mehr zu erwarten.

Ihr Oberkörper aufrecht, schwingt leicht hin und her.

Ihre Miene wirkt angespannt, während sie geräuschvoll weiter ein- und ausatmet.

Irgendwann verfällt sie schließlich in eine Art leisen Singsang, der zunehmend den ganzen Raum ausfüllt.

Ich kriege Gänsehaut. Weiß immer weniger, was ich davon halten, ob ich es lächerlich oder unheimlich finden soll. Doch je länger ich hier sitze, im flackernden Kerzenkreis, inmitten der tanzenden Schatten, desto größer wird mein Unbehagen.

„Almut?"

Sie unterbricht das Ritual.

„Herrgott! Nicht reden, hab ich gesagt!"

„Almut, es – macht mir Angst."

Ich schaue schnell zu Phillip hinüber. Will nicht, dass der mich für feig hält, aber so wie er aussieht, tut er das ohnehin nicht. Im Gegenteil. Es scheint ihm ähnlich zu gehen wie mir.

Almut seufzt. Sie hat die Augen wieder geöffnet, rutscht näher an Phillip und mich heran und bedeutet uns, den Kreis noch enger zu machen.

„Gebt euch die Hände!"

Phillips Hand ist warm und schwitzig.

„Gut."

Almut nickt zufrieden, greift Phillip links, mich rechts und schließt so den Zirkel.

„Es gibt nichts, wovor ihr euch fürchten müsst. Ja?“

Ich nicke blass.

„Dann bitte jetzt keine Unterbrechungen mehr. Ich brauche absolute Ruhe, um meinen Geist und Körper zu öffnen für ...“ Sie unterbricht sich. „Wie heißt er nochmal? Dein Opa?“

„Josef“, sage ich. „Josef Theobald Olavson.“

„Genau. Wir richten also unsere Gedanken auf den Geist von Josef Theobald Olavson. Wir werden ihn beschwören, ihn rufen. Und ich werde sein Medium sein. Durch mich wird er zu euch Kontakt aufnehmen.“ Sie macht eine Pause. Schaut mir dabei fest in die Augen.

„Und wenn es soweit ist, Biene, sprich zu ihm! Ja?“

Sie zwinkert mir aufmunternd zu.

„Okay.“

Ich nicke, drehe mich zu Phillip, der bemüht lächelt.

„Also dann. Auf ein Neues!“

Frau Almut holt tief Luft und schließt die Augen. Murmelt was vor sich hin und ich verstehe *Josef Theobald Olavson* und irgendetwas von *wir rufen dich* und noch ein paar Wörter, die sie wie Zauberformeln in sich hineinnuschelt.

Danach beginnt wieder der monotone Singsang und ich mache die Augen zu und versuche, mich zu konzentrieren.

Ich stelle mir Opa vor, denke daran, wie er auf seinem Lehnstuhl neben dem breiten Bücherregal sitzt, seine Brille mit dem Hemdsärmel vom Staub befreit, wie er sich auf die

Oberschenkel klopft und mir bedeutet, mich auf seinen Schoß zu setzen.

Ich erinnere mich an all die Schlaumischlau-Geschichten.

Wer hat den alten Schuh in Tante Ilvis Rindsgulasch getaucht? Wer hat Omamas Gebiss im Weinglas versenkt? Wer hat die Sicherheitsnadel in Tante Trudes Unterhose versteckt?

Opa hat erzählt und erzählt und das Feuer im Ofen hat geknackt und geknistert, und später hat er mich ins Bett gebracht und mir den Rücken gekrault, bis ich eingeschlafen bin.

Frau Almuts Gesang wird leiser.

Ich spüre Phillips Hand in meiner liegen, seine Finger, die mich halten.

Ich atme. Schmecke den Abend. Und denke an Opa.

Almut verstummt.

Und mit einem Mal merke ich, dass etwas im Raum sich verändert hat. Ehrlich. Es ist, als würde die Zeit für einen Moment aussetzen. Ich kann das auch gar nicht richtig beschreiben und bin sicher, jeder, dem ich davon erzähle, würde mich für komplett verrückt erklären, aber irgendetwas passiert da gerade.

Ich öffne die Augen, sehe Frau Almut im Kerzenschein, sehe Phillip neben mir und wie die Vorhänge sich leicht bewegen. Spüre den sanften Wind von draußen durchs Fenster und über meine Haut streifen, und ja, vielleicht bin ich wirklich übergeschnappt, aber auf einmal glaube ich, nein, *weiß* ich, dass es tatsächlich funktioniert hat, dass es jetzt soweit ist, dass ich jetzt fragen muss.

„Opa?“, flüstere ich. Mein Herz schlägt mir bis zum Hals.

Frau Almut sitzt vornüber gebeugt, das Gesicht im Schatten. Sagt nichts.

„Opa“, wiederhole ich. Fester diesmal. Nachdrücklich.

Phillip macht die Augen auf und schaut mir fragend ins Gesicht.

„Opa“, sage ich, „bitte, kümmere dich um Jan, falls ihm was passiert. Okay?“

Stille.

Frau Almut rührt sich nicht.

Plötzlich aber nehme ich ihren Daumen wahr, der ganz leicht über meinen Handrücken streichelt.

„Almut?“, frage ich.

„Almut?“

Aber sie reagiert nicht.

Phillip sieht mich forschend an.

„Was ist?“

Ich zucke mit den Schultern.
„Ich weiß nicht genau!“, gebe ich zurück.
„Almut?“

Sie zuckt zusammen und reißt die Augen weit auf.
„Heiliger Streuselkuchen!“
„Almut?“
Ich lege ihr vorsichtig die Hand auf die Schulter.
„Ist alles okay?“
Sie atmet durch. Reibt sich das Gesicht, als wolle sie sich vergewissern, dass alles noch dort ist, wo es hingehört.
„Ja“, haucht sie benommen. „Ich denke schon.“

Es dauert noch eine Minute, bis sie wieder ganz bei sich ist.
Dann aber wendet sich ihre Aufmerksamkeit mir zu.

„Und?“, raunt sie. „Was hat er gesagt?“
Mir ist klar, dass sie Opa meint und ich überlege kurz, schüttle dann aber den Kopf.
„Nichts“, gestehe ich.
Frau Almut nickt. Als wüsste sie längst Bescheid.
„Dann hat es also nicht funktioniert?“
Keine Ahnung! Was weiß ich?
„Ich weiß nicht“, sage ich. „Ich weiß es wirklich nicht!“
Weil irgendwie war da doch was, oder?

Opa, denke ich, du warst doch da. Ich habe es gespürt. Bitte, du hast mich doch gehört, oder? Du hast gehört, was ich gesagt habe.

Oder?

Und wie zur Antwort schwingt plötzlich die Zimmertür auf.

Ich fahre herum und da steht –

„Herrschaft, Jockel!“ Almut greift sich an die Brust. „Wegen dir krieg ich noch mal einen Herzkasperl!“

Jockel schenkt Frau Almut einen scharfen Blick.

„Tut mir leid. Ich störe das Hexenkränzchen wirklich nur ungern, aber ...“, er hält Almut eine kleine, leere Schnapsflasche vor die Nase, „kannst *du* mir vielleicht erklären, was *die* hier im Blumentopf verloren hat?“

„Ich?“ Frau Almut gibt sich ahnungslos, ja geradezu empört. „Nein, woher? Ich meine, wer könnte die da – ?“

„Ja, *wer* könnte die da?“, wiederholt Jockel streng.

Der Schlaumischlau!, denke ich.

Und für einen kurzen Augenblick ist mir, als würde ich Opas Kichern hören.

7

Ich bringe Phillip nach draußen.

„Mein Rad steht da vorne“, sagt er.

Und ich begleite ihn.

Der Abend liegt lau zwischen den Gassen. Mopeds knattern irgendwo, ein Dampfer tutet, es riecht nach Bratfisch und ein leichter Wind weht.

„Schön, dass du da warst“, sage ich, weil es stimmt. Und ich weiß, dass Phillip jetzt rot anläuft, auch wenn es schon zu dunkel ist, als dass ich es sehen könnte.

„Sag mal, was war das eigentlich vorhin? Ich meine, hast du echt mit deinem Opa geredet?“

Ich lächle geheimnisvoll.

„Vielleicht.“

Alles andere würde er mir ohnehin nicht abkaufen.

„Und Jan?“

„Was ist mit dem?“

„Wann ist es denn soweit? Also, wann …?“

„… er operiert wird? Ich glaube, am Donnerstag, wenn nichts dazwischenkommt.“

„Gibst du mir dann Bescheid?“

„Mach ich.“

Phillips Rad lehnt an einer Mauer.

Eine Weile stehen wir davor, bohren Hände in Hosentaschen. Schauen, schweigen.

„Na dann.“

Ich klettere über einen Hydranten auf die Mauer hinauf und sehe Phillip dabei zu, wie er das Rad vom Schloss befreit. Er schaut zu mir hoch.

„Na dann“, sage ich und grinse, weil ich merke, dass er zögert und das Rad schließlich wieder anlehnt. Er grinst zurück.

Wie es aussieht, haben wir alle beide keine Lust, uns schon zu trennen.

Phillip zieht sich zu mir auf die Mauer.

Und so sitzen wir dann, er und ich, und schauen auf den Gehsteig runter, auf die Menschen, die da schlendern, mit oder ohne Hund, vertraut oder fremd.

Phillip zieht die Knie an und stützt das Kinn darauf.

Ich mustere ihn still.

„Du?“, sage ich irgendwann. „Warum bist du eigentlich *wirklich* hier? Doch sicher nicht wegen Kuchen, oder?“

Phillip lächelt müde, dann schüttelt er den Kopf.

Ein Schatten schiebt sich in seinen Blick.

„Ist grad nicht so lustig zuhause“, murmelt er leise.

„Oh." Ich schlucke. „Tut mir leid."

„Ach!" Phillip kratzt mit dem Finger ein paar Steinchen aus einer Mauerritze.

„Es ist nur ..." Er seufzt. „Wenn Dad zu viel an meine Mum denkt, wird er immer so – ich weiß auch nicht. Dann sitzt er nur herum. Redet nichts mehr. Lässt sich gehen. Heute ist ihr Hochzeitstag. Kannst dir vorstellen. Er hat es nicht mal hingekriegt, sich was zum Essen zu machen."

Ich nicke, und irgendwie würde ich Phillip jetzt gern in den Arm nehmen. Tu es aber nicht. Schlage stattdessen die Beine übereinander und schaue geradeaus.

Spüre Phillip neben mir sitzen und eine tiefe Ruhe, die sich leise über uns legt wie eine Decke, unter der wir gemeinsam stecken und die uns, obwohl wir uns kaum kennen, zu Vertrauten macht.

Wie wenig ich eigentlich von Phillip weiß.

Das meiste sind Gerüchte.

Und die Namen, die Tenka sich für ihn ausdenkt.

Milchbubi. Weichei. Schlappschwanz. Bohnenstange. Schwuli. Schlaksi.

Aber sonst?

„Phillip?"

Er dreht sich mir zu.

„Ja?"

„Warum lässt du dir das eigentlich alles gefallen? Das mit Tenka, meine ich. Wieso wehrst du dich nie? Warum gehst du nicht zur Fuchsbauer damit? Oder haust dem Arsch einfach mal eine rein? Ich versteh das nicht."

Ein Ruck geht durch Phillips Körper. Sein Blick gefriert. Und alles, was uns gerade noch verbunden hat, ist wie weggefegt.

„Komm schon Phillip, ich will es doch nur verstehen – ich meine, was sagen denn deine Eltern zu dem Ganzen?"

Wenn ich mir vorstelle, *mich* würde jemand ständig derart schikanieren, Papa wäre hundertpro am nächsten Tag in der Schule und würde dem Kerl die Hölle heiß machen.

Aber Phillip schweigt, starrt, ist zur Wand geworden.

Und da dämmert es mir.

„Deine Eltern haben keine Ahnung, stimmt's?"

Schweigen.

„Du musst es ihnen sagen!", ereifere ich mich. „Du musst ..."

Phillip explodiert.

„Hör auf!", schreit er und ich schrecke zusammen.

Ich habe noch nie so viel Wut in einem Gesicht gesehen.

„Hör einfach auf!"

Er schlägt mit der Hand hart auf den Stein.

Ich weiß nicht, was ich sagen soll.

„Was hab ich denn getan?"

„Vergiss es!“, zischt er, springt von der Mauer, zerrt das Rad zu sich her und strampelt in die Nacht hinein, ohne sich noch einmal umzusehen.

Scheiße, denke ich, weil genau so fühle ich mich.

8

Mein Montag beginnt mit einem Lied.

I' ve got a hangover – oooh, schnarrt es aus dem Radio und das passt.

Bei Papa und Mama ist es gestern spät geworden und dementsprechend muffelig sind sie heute.

Papa kocht Kaffee. Mama blättert sich abgekämpft durch die Zeitung. Ich rühre in meinem Cornflakesmilchmatsch herum und habe keinen Hunger.

Irgendwann steht Jockel da.

„Na?", sagt er und strubbelt mir die Haare.

Ich weiß, er will fragen, ob wir zusammen gehen. Zum Markt. Zur Schule. Aber nein.

„Heute nicht", sage ich und Jockel nickt. Ich merke, dass er gern erfahren würde, was los war gestern mit Phillip, was los ist mit mir. Aber er bohrt nicht nach und ich bin dankbar dafür.

Ohne Jockel allerdings ist der Weg zur Schule eine Zumutung und meine Motivation auf Mathe in der ersten Stunde liegt irgendwo tief unter Null.

Ich lasse mir Zeit und bin zu spät.

„Tschuldigung!“, nuschle ich und setze mich neben Shirin an meinen Platz.

Die Fuchsbauer nimmt es zu Kenntnis und macht einen entsprechenden Vermerk im Klassenbuch. Ich suche Phillip, finde nur seinen Rücken, lang und schmal, aber kein Gesicht, weil da vorne ist eine Tafel, auf die man sich konzentrieren kann und Phillip ist sehr konzentriert auf diese Tafel, schaut also sehr konzentriert nicht mich an.

„Hey, Biene!“ Shirin stupst mich in die Seite. „Alles gut?“

Ich sehe ihre Augen, frisch und strahlend, und ihre Wangengrübchen, die sie bekommt, wenn sie lächelt und tatsächlich geht es mir gleich besser.

Ich deute ein Nicken an.

„Ich muss dir was sagen!“, flüstert sie und ich bemerke ihren Blick, der sich verstohlen zu Max nach hinten schleicht.

„Erzähl!“, dränge ich neugierig, woraufhin Shirin sich ganz nah zu mir rüberbeugt, mir ins Ohr kichert und sagt, dass sie jetzt miteinander gehen, sie und Max.

„Und weiter?“ Ich will Details!

„Soll ich den Damen vielleicht auch noch Kaffee und Kuchen bringen?“

Die Fuchsbauer funkt dazwischen.

Ich verbeiße mir ein *Ja, bitte gerne, für mich einen Cappuccino und einmal die Schwarzwälderkirsch!* und beuge mich gehorsam über mein Mathe-Heft.

Shirin schiebt mir einen Zettel rüber.

Ich lese: *In der Pause mehr ;-)* und stecke das Briefchen in die Tasche.

Kurz nach dem Läuten sitzt Shirin unten beim Buffet an einem Tisch Max gegenüber und sie spielen *Wer-als-Erstes-wegschaut-hat-verloren*.

Wie es aussieht, wollen beide um jeden Preis Sieger sein.

Ich stehe da, unschlüssig, hocke mich schließlich an einen freien Tisch weiter hinten, packe mein Pausenbrot aus und kaue lustlos darauf herum.

Schaue aus dem Fenster. Draußen ist es hellblau.

Irgendwann muss dann wohl doch einer verloren haben, weil Max steht auf und geht Richtung Klo. Ich höre Shirin rufen. Sehe, dass sie mich zu sich winkt.

Ihre Augen sind noch ganz voller Herzen und es dauert eine Weile, bis sie aus ihrer Wolke geschwebt kommt.

„Also ist es gut gelaufen auf der Party?“, frage ich.

„Und wie.“ Sie grinst. „Ich sag dir was. Tenkas Eltern müssen echt saumäßig Geld haben. Die wohnen in einer richtigen Hollywoodvilla, mit Pool und allem. Wie im Fernsehen! Gut, die Party selber war nicht so prickelnd. Die meisten Leute waren viel älter als wir – alles Freunde von Tenkas Bruder, der war nämlich auch da. Die wollten auch gar nichts von uns wissen, haben nur Tenkas Torte verputzt, sich mit Knabberzeug eingedeckt und schnell wieder verdünnisiert. War aber eh besser so. Emre, das ist ein Typ, den ich vom Sehen aus dem Park kenne, hat dann Musik aufgedreht von seinem Handy, türkische, aber echt gut. Wir haben ein bisschen getanzt, Naschzeug gefuttert, waren schwimmen. War echt nett. Tenka und Emre sind dann irgendwann weggegangen Kebab holen und da war ich plötzlich mit Max allein am Pool. Und da – hat er mich gefragt."

„Und?"

Ich merke wie sich Shirins Aufgekratztheit auf mich überträgt.

„Habt ihr euch geküsst?"

„Nein!", Shirin wehrt ab. „Vielleicht wäre es passiert, aber auf einmal ist Frau Tenka, also Tenkas Mutter, in der Tür gestanden. Max kennt die, weil seine Eltern schon ewig gute Freunde von den Tenkas sind. Die hat uns dann vollgeschwafelt, von wegen wie es uns in der Schule geht und dass die Zeit ja nur so verfliegt und man gar nicht so schnell schauen kann, da sind die Kinder schon groß und blablabla. Kennst das ja."

Shirin schaut durch mich hindurch. Dann lacht sie, weil ihr noch was einfällt:

„Stell dir vor, die Tenka ist dann doch tatsächlich mit einem Fotoalbum angetanzt und hat uns Bilder von ihrem lieben Sohn gezeigt. Klein-Tenka auf dem Töpfchen, mit seiner Lieblingscousine in der Badewanne, mit dem Herrn Papa beim Faschingsumzug als Marienkäfer verkleidet."

Ich grinse. Der coole Tenka, denke ich und stelle ihn mir im roten Kostüm mit Pünktchen und schwarzen Strumpfhosen vor.

„Ja, aber jetzt sag mal du!"

Shirin schnippt mich mit den Fingern zurück aus meinen Gedanken.

„Was?"

„Wie war *dein* Wochenende?"

Ich brauche einen Moment, um zu überlegen.

Mein Wochenende? War es wirklich nur ein Wochenende?

Kann es sein, dass das alles in nur zwei Tagen passiert ist?

Ich schüttle den Kopf, weil ich nicht weiß, wo ich anfangen soll, sage dann aber doch was.

„Ich war bei Phillip."

Shirin zieht die Brauen hoch.

„Phillip?", fragt sie. „Kenn ich den?"

„Hallo?", sage ich. „Phillip."

„Wie jetzt? Der Milchbubi-Phillip?"

Ich nicke.

„Nein!" Shirin ist fassungslos.

„Mister Ich-krieg-kein-Wort-raus-und-geh-aufs-Kloheulen-weil-ich-meine-Mama-vermisse – *der* Phillip?"

„Hör auf!“, entfährt es mir. „Wer sagt sowas?“

Shirin zuckt mit den Schultern. „Weiß nicht. Alle.“ Sie seufzt.

„Biene, der Typ ist doch nicht ganz normal, oder? Was willst du denn von dem?“

Ich presse die Lippen aufeinander.

„Hey, Biene, jetzt sag!“

Aber ich habe keine Lust mehr, ihr auch nur die klitzekleinste Kleinigkeit zu erzählen.

„Biene“, quengelt Shirin weiter und zupft an meinem Shirt wie ein kleines Kind.

„Komm schon, was ist mit dir?“

Sie schaut mich forschend an und auf einmal verdüstert sich ihr Gesicht.

„Stehst du auf den, oder was?“

Ich springe von meinem Platz auf, der Sessel donnert hinter mir auf den Boden.

„Spinnst du jetzt?“, protestiere ich. „Auf *den*? Geht’s dir noch gut, oder was?“

Ich fahre herum, renne irgendwo dagegen. Schaue. Sehe Strubbelhaare, erkenne Phillip.

Shirin kichert. „Hoppla!“

Ich merke, wie mir das Blut in den Kopf schießt.

Phillip steht da, schaut an sich runter, weil er bei unserem Zusammenstoß was von seinem Kakao verschüttet hat, wischt mit der Hand über die kleinen, braunen Spritzer auf seinem Hemd, schaut wieder hoch, bleibt mit dem Blick kurz an mir hängen, aber nicht lang genug, als dass ich etwas daraus ablesen könnte.

Hat er gehört, was wir geredet haben? Mir dreht sich der Magen um. Ich will etwas sagen, weiß aber nicht was und dann ist es zu spät. Es läutet, Max kommt vom Klo zurück, Shirin hakt sich bei mir unter und zieht mich Richtung Klasse. In meinem Rücken spüre ich Phillip, traue mich aber nicht, mich nach ihm umzudrehen.

„Stehst doch auf ihn, hm?“ Shirin stupst ihre Hüfte gegen meine.

„Nein!“, ereifere ich mich. „Ehrlich. Es ist nur ...“

Ich suche nach dem richtigen Gefühl.

„Er ist echt in Ordnung.“

Shirin grinst blöd. „Genau.“

Ich seufze, gebe mich geschlagen und lasse mich schweigend von Shirin durch den Flur führen.

Lasse Englisch über mich ergehen. Geo. Werken.

Irgendwann ist die Schule vorbei.

Der Heimweg ist noch länger als der Hinweg.

Zuhause wartet kein Essen.

Montag: Ruhetag.

Mama ist bei der Plattenfirma wegen des neuen Albums, Papa sitzt am Computer und macht Buchhaltung.

„Na, Biene?“

Er schaut kurz auf, tippt dann weiter Zahlen in seinen Laptop.

„Ist nichts zu essen da?“

„Im Gefrierfach gibt’s noch Krautroulade.“

Na toll. Ich stapfe in die Küche, inspiziere den Kühlschrank, entscheide mich für Joghurt und setze mich an den Tisch. Löffle, kaue, starre.

Was ist nur los mit mir? Mit diesem Tag? Warum dreht sich alles in meinem Kopf?

Ich greife zum Telefon.

Wähle Beeres Nummer.

Es dauert bis er abhebt.

„Hallo?“

Seine Stimme klingt müde.

„Hallo Beere, da ist Biene.“

„Ja“, sagt er nur.

„Ich wollte fragen, ob ich heute wieder kommen darf. Zu Jan, meine ich.“

Am anderen Ende bleibt es eine Weile still. Dann höre ich Beere schlucken.

„Hey, Biene, tut mir leid, aber Jan geht’s nicht so gut. Es ist besser, wenn er sich nicht zu sehr anstrengt.“

„Aber ich kann ja …“

„Biene“, unterbricht er mich. „Nein, okay?“

Er sagt es so hart und bitter, dass es mir kurz die Brust zuschnürt.

„Okay“, flüstere ich. „Tut mir leid, ich wollte nur …“ Ich weiß nicht weiter.

Ich habe das Gefühl, heute ist alles falsch.

„Hör zu, Biene, ich mach jetzt Schluss“, sagt Beere.

Ich nicke und er hört es. Legt auf und die Stille, die bleibt, ist schwer wie Blei.

Ich gehe in meine Zimmerhöhle, rolle mich zusammen, bette den Kopf auf Ullas breiten Katzenbauch, starre Löcher.

Die Sonne blendet durch das Fenster.

Ich rapple mich auf.

Mache Musik an und die Vorhänge zu.

Irgendwann schaut Papa herein.

Entdeckt mich eingerollt auf dem Bett. Fragt: „Kummer?“

Ich zucke mit den Schultern.

Papa setzt sich neben mich. Legt den Arm um mich.

„Magst du drüber reden?“

„Weiß nicht.“

I tried to reach for you, but you have closed your mind

Der CD-Player füllt unser Schweigen.

Papa kennt den Song. Beginnt zu summen.

Singt ein bisschen, da wo er den Text kann. Wippt im Takt.

„Seit wann hörst du denn ABBA?“, fragt er.

„Hab ich bei Mamas CDs gefunden.“

Hab ich bei Mamas CDs *gesucht*!

Gehofft, dass sie ein Album von denen hat.
Gejubelt, weil da tatsächlich eines war.
Und seitdem nichts anderes mehr gehört.
Weil es das Einzige ist, was hilft.
Gegen das Durcheinander in meinem Herz.

„Es ist wegen Phillip“, sage ich schließlich.

Papa streicht mir über die Haare.

„Du magst ihn, oder?“

„Keine Ahnung!“, sage ich. „Ich kenne ihn ja kaum.“

Aber Papas Blick macht deutlich, dass ich es mir so einfach nicht machen kann.

„Er malt total gut“, füge ich deshalb an und lächle.

Papa lächelt auch.

„Also: ja“, folgert er und ich nicke ein bisschen.

Dann fällt mir wieder der gestrige Abend ein und wie wütend Phillip war. Und unser Zusammenstoß heute in der Schule. Dass ich einfach nicht weiß, was da gerade abgeht. Mit mir. Mit ihm. Mit uns.

„Es ist kompliziert“, sage ich. „Ich glaube, irgendwas stimmt nicht mit ihm. Ich meine, gestern zum Beispiel, ja, da ist er total ausgeflippt.“

„Einfach so?“

Papa zieht die Stirn kraus.

„Ich hab nur gesagt, dass er sich das von Tenka nicht gefallen lassen soll.“

„Tenka?“

„Stefan Tenka. Groß, blonde Haare, Tenka eben, von dem Röntgenarzt der Sohn.“

Papa nickt.

„Ah, von dem. Da war ich letztens wegen meiner Bandscheiben. Der Sohn also. Und was ist mit dem?“

Ich seufze. Merke, wie alleine beim Gedanken an Tenka die Wut in mir hochsteigt.

„Tenka nervt. Insgesamt. Aber eben vor allem Phillip. Ich glaube, er hat's irgendwie auf ihn abgesehen.“ Und ich erzähle von seinen Schikanen.

„Und Phillip?“

Papa schaut irritiert, als würde für ihn auf der Hand liegen, dass man sich bei so was sofort Hilfe holt.

„Der hat es doch noch nicht einmal seinen Eltern erzählt.“

„Und die Lehrer?“

„Pfffh! Die. Was kriegen die schon mit? Und nein, da schert sich keiner. Aber eben, Phillip sagt ja nie was. Der nimmt das alles hin. Klar, dass dann alle wegschauen.“

Papas Blick wird immer ernster.

„Und du?“, fragt er und ich verstehe, was er meint.

Und gerne würde ich jetzt behaupten, dass ich die rühmliche Ausnahme bin, dass ich in diesem üblen Spiel nicht mitmache, aber das wäre gelogen.

Sicher, ich halte mich raus, aber ist das wirklich so viel besser?

Papa steht von meinem Bett auf und atmet tief durch.

„Okay Bienchen."

Er schaut mich an.

„Was hältst du davon, wenn ich uns jetzt einen Super-Riesen-Mozarellasalat mit frischen Tomaten und Olivenöl mache und dann reden wir weiter?"

Ich weiß es zu schätzen, dass er versucht, mich aufzumuntern, aber ich spüre plötzlich, dass ich heute noch etwas vorhabe.

„Danke, Papa, ist lieb von dir, aber ich glaube, ich geh dann gleich nochmal raus."

Papa versteht. Lächelt.

„Mach das", sagt er und lässt mich allein.

9

Eine halbe Stunde später stehe ich vor Phillips Wohnung.

Maureen öffnet mir die Tür.

„Ah, Biene!“, sagt sie erfreut. „Phillip wollte gerade weg.“

Sie bedeutet mir, reinzukommen.

„Phillip!“, ruft sie in die Stille.

„Was?“, fragt es aus seinem Zimmer, aber da sieht er mich auch schon und augenblicklich verdunkelt sich sein Gesicht.

„Hallo“, sagt er, aber es klingt mehr nach Grabrede als nach einer Begrüßung.

„Hallo.“

Ich fühle mich beschämt. Verwirrt. Und wütend. Und glücklich. Und alles auf einmal.

„Hast du kurz Zeit?“

„Ich wollte eigentlich in die Au.“

Immerhin – er redet mit mir.

„Okay“, sage ich frech und versuche ein Lächeln. „Genau da wollte ich auch hin.“

Tatsächlich bricht das Eis für einen kurzen Moment und Phillip grinst vorsichtig.

„Dann komm!“, sagt er.

Wir radeln an Häuserreihen und blühenden Birken vorbei den Flussdamm entlang. Eine schmale Gasse links hinein und weiter, bis da keine Häuser mehr sind, nur noch Bäume und Grün. Die Gasse wird ein Weg und der Weg bald darauf zu einem holprigen schmalen Pfad durch kniehohes Gras und Gestrüpp bis zum Wasser hinunter.

Phillip lehnt sein Rad an eine Haselstaude. Ich lasse meines in die Wiese fallen.

„Wow!", rufe ich und bin einfach nur hingerissen von dem kleinen Paradies, in das ich da geraten bin. Phillip dreht sich zu mir um und ich lese in seinen Augen, dass er sich über meine Begeisterung freut.

„Komm!", sagt er, zieht mich an Brennnesseln und Brombeersträuchern vorbei bis zu einem umgestürzten Baum. Streift die Schuhe ab und turnt ein wenig umständlich bis zu einer Astgabel.

Auch ich schlüpfe aus meinen Schuhen. Klettere zu ihm. Und staune nicht schlecht, als ich mich neben ihm niederlasse.

Unter meinen Zehen glitzert die Sonne. Das Wasser ist ruhig wie silbernes Glas, drumherum nur Grün. Wasserflöhe, Libellen, Kaulquappen. Ich rieche die Luft, den Sommer. Höre Vögel, höre meinen Herzschlag, der schnell ist vom Radfahren, höre den Wind in den Blättern über uns und Phillips Schweigen.

Es ist schon komisch. Manche Menschen sind so leicht zu lesen.

Shirin zum Beispiel. Ein Blick, ein Satz von ihr, eine flüchtige Geste. Das reicht und ich weiß genau, wie es um sie steht. Ich weiß, ob sie glücklich ist, oder traurig, oder wütend oder – egal. Ich weiß es.

Und Phillip. Der sitzt da und schaut und sagt nichts und es ist mir unmöglich auszumachen, was in ihm vorgeht. Seine gestrige Wut scheint zwar verraucht zu sein, trotzdem fühlt er sich weit, weit weg an. Gleichzeitig sind seine Augen weich und ruhig und ich habe so ein Gefühl, dass das etwas mit diesem Ort hier zu tun haben muss.

Wie zur Antwort zupft Phillip ein paar Blätter ab, teilt sie konzentriert entlang der Adern, dreht sie zwischen den Fingern hin und her und sagt dann mehr zu sich als zu mir:

„Manchmal stelle ich mir vor, dass ich eines Tages im Wald wohne, in einer Hütte, die ich selber baue. Dass ich jage und Fische fange. Stelle mir vor, wie ich jeden Winkel in- und auswendig kenne. Wie ich barfuß durch das Dickicht laufe, schnell wie ein Reh. Ein Teil der Natur bin. Ein Waldläufer. Ein Elfenkrieger."

Er lächelt versonnen.

„Nur der Wald und ich. Mehr nicht."

Er hebt den Blick. Schaut, ob ich ihn auslache.

Aber das tu ich nicht, denn mit einem Mal glaube ich,

etwas zu verstehen. Etwas von dem, was dieser Platz hier für ihn bedeutet.

„Gib mir mal deine Hand!“, sage ich aus einem plötzlichen Impuls heraus.

Er schaut mich fragend an, streckt dann aber den Arm aus und legt seine offene Handfläche in meine. In der Hosentasche finde ich meinen Kugelschreiber.

„Okay, nicht bewegen!“

Ich klicke den Kuli an und beginne zu malen.

Phillip mustert jeden meiner Striche wie ein kleines Rätsel, das es zu lösen gilt.

„Und was wird das, wenn es fertig ist?“

„Wart's nur ab!“, entgegne ich schnippisch und freue mich, dass Phillip mir ohne weiteren Protest seinen Arm überlässt.

„Weißt du“, sage ich, während ich seine Haut mit Fantasiesymbolen verziere, „ich wollte dir noch sagen, dass es mir leid tut wegen gestern.“

Ich mache eine kurze Pause, schaue ihn nicht an dabei. Spüre auch so, dass sein Gesicht sich wieder verdüstert.

„Ich will mich nicht einmischen und du hast Recht, ich habe keine Ahnung. Vielleicht würde ich einfach gern verstehen, warum du ...“

Mit einem Ruck zieht Phillip seine Hand zurück. Rutscht ein Stück weit weg von mir.

Ich schaue auf, erwarte einen erneuten Wutausbruch, aber Phillip ist immer noch ruhig.

„Nein“, sagt er. „Du hast nichts falsch gemacht. *Ich* muss mich entschuldigen.“

Er bricht Rinde vom Baum, wirft sie ins Wasser, flüchtet mit den Augen in den Schutz des Blätterdachs.

„Du hast Recht, ich hab meinen Eltern nichts erzählt. Das ist es ja. Ich kann ... ich will nicht, dass die ... die haben genug eigene Probleme, verstehst du?“

Ich würde dem gerne etwas entgegenhalten, aber er schaut mir fest in die Augen und ich belasse es dabei. Ich will ihn nicht wieder reizen, also sage ich nur:

„Okay.“

„Okay.“

Dann hebt er den Arm, der nun über und über mit meinen Schnörkeln bedeckt ist. Zieht die Augenbrauen zur Frage. Lächelt.

„Erklärst du mir jetzt noch, was das hier sein soll?“

„Ach“, feixe ich, „das weißt du nicht?“

Er ist sichtlich irritiert.

„Von wegen Elfenkrieger. Das sind Elfenzeichen! Kriegsbemalung für Elfenkrieger.“

„Okay. Und was bedeuten die?“

Ich greife nach seiner Hand.

„Das da“, sage ich und zeige auf eine Reihe geschwungener Symbole auf seinem Unterarm, „das bedeutet Schutz.

Vor bösen Geistern zum Beispiel, aber auch vor lästigen Hühneraugen oder nervigen Lehrern, vor Silberfischen unterm Kopfpolster oder schlechtem Mundgeruch."

Phillip grinst.

„Alles klar, und das?"

„Das hier ist ein Mut-Zauber. Der ist stärker als jede Angst und kann dir helfen, wenn du nicht weiterweißt. Zum Beispiel, wenn dir jemand blöd kommt. Oder wenn du wem was sagen musst, was der andere vielleicht nicht hören will." Ich schaue ihn streng an. „Okay?"

„Okay. Botschaft angekommen."

„Und das?"

Phillip deutet auf eine Schriftzeile an seinem Handgelenk, die aussieht wie mehrere ineinander verschränkte Kreise.

„Das heißt: Biene und Phillip – Freunde für immer!"

Ein Aufleuchten.

„Ist das so? Sind wir das? Freunde?"

„Wenn's hier steht."

Phillip lächelt und lässt den Zeigefinger behutsam über die kleinen, tintenblauen Kreise wandern.

Irgendwann fällt sein Blick auf die lange Linie, die der Stift quer über seine Handfläche hinterlassen hat, als er mir vorhin so abrupt den Arm entzogen hat.

„Ist das auch Elfenschrift?"

„Das heißt: Tenka ist ein Arsch!“, sage ich trocken.
Phillip lacht laut auf.

„Ja!“, ruft er. „Das stimmt. Aber cool, dass es sogar ein elfisches Wort dafür gibt!“

Wir lachen beide.

Phillip stemmt sich hoch und schaut mich an.

„Schwimmen?“, fragt er.

Und bevor ich noch antworten kann, hat er sich schon das T-Shirt ausgezogen und hechtet ins Wasser. Er prustet. Strampelt mit den Beinen.

„Komm rein!“, ruft er und kurz muss ich mich wundern.

Phillip, der stumme, blasse Phillip, das Milchbubi, dieser angespannte, nervöse Eigenbrötler, für den ich ihn noch vor einer Woche gehalten habe – wer hätte gedacht, dass er so ausgelassen und fröhlich sein kann?

„Biene!“

Er ruft meinen Namen und es klingt schön aus seinem Mund.

„Jetzt mach! Komm! Es ist echt super!“

Ich streife meine Jeans ab. Stehe da in Unterhose und Ruderleibchen, stoße mich vom Stamm ab und springe. Das Wasser ist arschkalt. Für einen Moment bleibt mir die Luft weg.

Ich keuche, schreie, höre Phillip lachen.

Ein paar schnelle Tempi und ich bin bei ihm. Er lacht immer noch, spritzt mir ins Gesicht. Ich spritze zurück. Wir schwimmen, tauchen, versuchen uns gegenseitig zu fangen und unter Wasser zu drücken. Und mein Herz pocht wie wild – nicht nur vor Kälte.

Irgendwann sind wir wieder am Ufer.

Trocknen in der Junisonne.

Phillip liegt neben mir. Und ich kriege Gänsehaut, weil es sich schön anfühlt. Und vertraut.

„Biene?"

Seine Stimme ist warm wie dieser Nachmittag.

„Ja?"

„Woher kannst du eigentlich Elfisch?"

Er grinst.

Ich gebe ihm mit dem Handrücken einen Klaps gegen die Brust und er lacht.

„Was denn? Man wird doch noch fragen dürfen!"

Ich drehe mich um, sodass ich ihm gegenübersitze.

Er blinzelt gegen die Sonne und mich an.

„Das willst du also wissen?", fordere ich ihn kokett heraus.

Er nickt bestimmt.

„Ich sag's dir. Ich kann Elfisch, weil ich eine Elfe *bin*."

„Ach?"

„Ja. Und außerdem ist meine Mama eine Meerjungfrau."

„Genau. Und dein Vater ist der Herr der Ringe!"

„Nö, der ist Lügenbaron“, gebe ich zurück.

Drücke mich hoch.

Laufe zurück zum Wasser, breite die Arme aus und werfe mich hinein.

10

Phillip hat die Elfenschrift nicht abgewaschen.

Ich glaube, er hat sogar die Stellen, die durch unser Bad in der Au gestern verblasst sind, noch einmal nachgezogen.

Jetzt lächelt er mir zu. Quer durch die Klasse.

Shirin merkt es und schenkt mir einen Blick, der heißen soll: Biene, Biene. Hab ich da was nicht mitgekriegt?

Ich grinse nur und winke ab.

„Hör auf!", flüstere ich. „Da ist nichts."

„Aber dieses Gekrakel auf seinem Arm, das ist schon von dir, oder?"

Shirin kann man nichts vormachen. Trotzdem bin ich froh, dass in dem Moment die Schmidt in die Klasse kommt, uns den letzten Test in diesem Schuljahr austeilt und ich Shirin so fürs Erste jede weitere Erklärung schuldig bleiben kann.

In der großen Pause kommt Phillip zu mir rüber.

Er hat sein Buch mit. Das mit den Skizzen und Zeichnungen.

„Ich wollte dir was zeigen", sagt er und blättert suchend durch die Seiten.

„Ich hab gestern Abend noch eine Idee gehabt, für die leere Wand in meinem Zimmer. Magst sehen?"

„Klar!“, rufe ich freudig.
Beuge mich zu ihm.
Genieße seine Nähe.

Doch dann passiert das, was jeden Tag passiert.
Jeden Tag, seit jetzt schon fast einem Jahr.
Jeden Tag, den Phillip seitdem in dieser Schule, in dieser Klasse verbracht hat.
Es ist immer dasselbe.
Es ist immer Tenka.

„Was hast du denn da Schmuckes, Milchbubi?“
Tenka schnalzt mit der Zunge, stellt sich neben uns.
„Zeig mal her!“ Er schiebt Phillip zur Seite und greift sich das Buch.
„Hey, Max! Das musst du dir ansehen. Unser Milchbubi ist ein richtiger Künstler!“
Er grinst fies und nimmt einen Schluck von seinem Cola.
Max kommt dazu. Will auch sehen.
Phillip steht da und ist wie erstarrt.
„Na, da hast du dir echt Mühe gegeben.“
Tenka schürzt die Lippen.
„Wär richtig schade, wenn zum Beispiel jemand ganz unabsichtlich ...“
Er hält seine Coladose gefährlich nahe über Phillips Buch, neigt sie langsam.

„Hör auf!“, schreie ich.

„Du halt dich raus, das geht dich nichts an!“

Aber ich denke nicht daran, mich rauszuhalten, stelle mich stattdessen neben Phillip.

„Versteckst du dich jetzt hinter kleinen Mädchen, Milchbubi, du feige Nuss?“

Tenka mustert uns abschätzig.

„Gib mir das Buch!“

Phillip sagt es ganz ruhig, aber ich merke, wie er innerlich bebt und ich kann nicht sagen, ob vor Angst oder Wut. Ich sehe, wie sich seine Hände zu Fäusten ballen, sehe die Elfenschrift, die Zeile kleiner Kreise, den Mut-Zauber, die lange Linie.

Und plötzlich wird mir klar, dass da gerade etwas passiert. Etwas Neues. Etwas, das alles verändert.

„Gib mir das Buch!“, sagt Phillip noch einmal und macht einen Schritt auf Tenka zu.

Der aber lacht nur.

„Oho! Jetzt krieg ich aber Angst!“

„Gib es mir!“

Phillip presst die Wörter zwischen den Zähnen hindurch, will Tenka das Buch entreißen.

Aber der dreht sich weg, wirft es Max zu, der es fängt und damit über zwei Schulbänke hechtet.

„He, Max!“, ruft Tenka. „Du kannst doch auch so gut malen. Zeichne ihm doch was rein!“

Max steht da. Zögert.

Ein paar andere drängen sich zu ihm, wollen auch einen Blick auf das Buch erhaschen.

Irgendwer hält Max einen schwarzen Filzstift hin.

Dann geht alles ganz schnell. Phillip stürzt nach vorne auf Max zu, aber Tenka ist schon hinter ihm, versetzt Phillip einen Stoß. Der fällt vornüber, verliert das Gleichgewicht, kann sich nicht mehr fangen und schlägt hart der Länge nach auf den Boden.

„Hoppla!“

Ein paar lachen verhalten.

Tenka nimmt Max das Buch ab. Hält es Phillip vors Gesicht.

Als der danach greift, zieht Tenka es mit einem Ruck wieder weg.

„Da musst du schon schneller sein, Milchbubi!“

Er grinst hämisch.

In mir macht es *Klick*.

Ohne nachzudenken, halte ich auf Tenka zu und trete ihm mit voller Kraft gegen das Schienbein.

Der schreit auf. Fährt mich an: „Spinnst du?“

Ich stehe nur da.

Das Herz hüpft mir bis zum Hals, aber ich halte seinem Blick stand.

„Gib ihm das Buch zurück!“, fauche ich.

Tenkas Ausdruck verfinstert sich.

„Pass mal auf du ...!“

„He, Tenka!“ Shirins Stimme. „Lass gefälligst Biene in Ruhe!“

Ihre Hand legt sich mir warm auf die Schulter.

„Und jetzt gib Milchbubi das verdammte Buch oder ich hol die Gangaufsicht!“

Ich drehe mich zu Shirin hin.

Der Blick, mit dem sie Tenka begegnet, ist schwarzes Feuer.

Wahnsinn, denke ich und ich beneide sie darum. Um dieses Feuer und diesen Blick.

Tenka zögert, wirkt verunsichert. Dann verzieht er den Mund zu einem Grinsen.

„Scheiß drauf!“

Er schmeißt Phillip das Buch hin, gerade noch rechtzeitig, bevor die Fuchsbauer in die Klasse kommt.

„Was ist denn hier los?“

Die Anspannung im Raum ist unübersehbar.

„Nichts!“ Tenka zuckt unbeteiligt die Schultern.

Die Fuchsbauer mustert ihn skeptisch.

Phillip rappelt sich vom Boden hoch, hebt das Buch auf, streicht die verknitterten Seiten glatt, sagt nichts.

Auch sonst nur Schweigen.

Keiner macht Anstalten, die Fuchsbauer aufzuklären.

Wieso? Und vor allem: Wieso Phillip nicht?

Wenn er jetzt reden würde, er hätte Zeugen, er hätte *mich.*

Wieso sagt er nichts? Wovor hat er Angst? Was ist los mit ihm?

Und wieso habe ich das Gefühl, ihm in den Rücken zu fallen, wenn ich jetzt die Wahrheit sagen würde, der Fuchsbauer alles erzählen, ihr sagen, was da läuft mit Tenka?

Aber vielleicht weiß sie das ohnehin, denke ich.

Zumindest traut sie dem Frieden nicht, denn sie beschließt kurzerhand eine neue Sitzordnung, setzt Tenka neben Sandy und gibt Phillip den Platz neben Markus. Markus mault kurz. Aber dann läutet die Glocke zur Stunde und das war's.

Phillip versinkt in seinem Schulübungsheft.

Tenka klebt seinen ausgelutschten Kaugummi an die Unterseite der Tischplatte, markiert sein neues Revier.

Die Fuchsbauer steht vorne, betrachtet ihr Werk. Sieht die beiden, Tenka und Phillip, an zwei entgegengesetzten Enden des Klassenzimmers sitzen. Nickt zufrieden.

Es folgen Textbeispiele zur Wahrscheinlichkeitsrechnung, ein paar haben ihr Heft vergessen, müssen sich von ihren Nachbarn Zettel borgen, irgendwer düst zum Schulwart Kreide holen, weil da in der Lade vom Lehrertisch keine mehr ist. Hausübung bis Freitag: Nummer 308 a und 309 b und c. Mathe eben. So als wäre nichts gewesen.

Als wäre alles wie immer.

Aber heute ist nicht wie immer.

Ich beuge mich zu Shirin.

„Danke“, flüstere ich. „Für vorhin.“

„Kein Problem.“ Sie schiebt ihren Ellenbogen an meinen. „Beste Freundinnen müssen schließlich zusammenhalten.“

Mein Herz hüpft vor Erleichterung.

Ich meine, klar, Tenka ist mal wieder ungeschoren davongekommen.

Trotzdem – etwas in mir triumphiert.

Ich schaue zu Phillip hinüber und habe das Gefühl, jetzt wird alles gut. Jetzt wird endlich alles gut.

Falsch. So falsch.

Aber wie hätte ich das wissen sollen?

Ein Blick in Tenkas Augen, in dem Moment, und ich hätte es vielleicht begriffen, die Gefahr erkannt. Vielleicht hätte ich gemerkt, wie sehr ich mich täusche, und dass nichts gut ist.

Aber ich schaue nicht Tenka an, sondern Phillip.

Und deshalb kommt alles so, wie es eben gekommen ist.

Ich schaue Phillip an, sehe ihn lächeln und für diesen kurzen Augenblick *ist* alles gut.

TEIL 3

1

Papa hockt in Unterwäsche am Badewannenrand, vornübergebeugt, das eine Bein gegen die Armatur gestemmt, zwickt seine Zehennägel. Mama vor dem Spiegel mit einem Watte-bausch, macht die Schminke von den Augen. Ich drücke Zahnpasta auf die Bürste, putze, spüle, spucke.

„Gute Nacht."

„Gute Nacht, meine Süße."

Mama gibt mir einen Kuss.

Papa strubbelt mir durchs Haar.

„Ah ja", sagt Mama. „Beere hat angerufen. Jans Zustand hat sich wieder stabilisiert. Er wird übermorgen operiert. Ich hab gesagt, dass wir gegen halb neun da sind."

Ich brauche eine Sekunde. Muss die Informationen erst sortieren.

„Wir fahren ins Krankenhaus?"

Mama nickt.

„Ja. Am Donnerstag. Sei so gut und leg mir noch dein Mitteilungsheft raus, ich schreib dir eine Entschuldigung."

Ich nicke. „Also dann."

„Schlaf gut, Maus."

„Ja. Du auch."

2

Ich stehe in einer Reihe zwischen Kindern. Wie im Gänsemarsch. Wir fahren auf einer Rolltreppe nach oben. Am Ende der Rolltreppe steht ein Buschauffeur mit einer Plastiktasche voller Flügel. Alle, die oben ankommen, kriegen ein Paar. Sie legen sich die Flügel an und springen in den Himmel. Schwirren wie Mücken durch das All. Neben dem Chauffeur steht Opa und als ich an der Reihe bin, schüttelt er den Kopf und der Chauffeur nimmt meine Flügel, knüllt sie zusammen und steckt sie sich in den Mund. Ich verstehe nicht warum, und plötzlich ist Beere da und ich merke, dass ich eigentlich nicht Biene bin, sondern Jan. Beere setzt mich auf eine Schaukel, Opa gibt mir Schwung.

Und irgendwann muss ich aufs Klo.

3

Am Mittwoch ist Phillip nicht in der Schule, aber außer mir fällt das offenbar niemandem auf.

In der zweiten Stunde haben wir Englisch mit der Schmidt.

Die fummelt gerade am CD-Player herum, als die Tür aufgeht. Der Hohensteiner.

Alle stehen auf, wie man das so macht, wenn der Direktor die Klasse betritt.

Auch die Schmidt strafft sich und lässt für den Moment *Listening Comprehension Listening Comprehension* sein.

„Setzen!", fordert der Hohensteiner und wendet sich an die Schmidt.

„Frau Kollegin", raunt er und lässt einen strengen Blick durch die Reihen wandern, bevor er sich der Schmidt entgegenbeugt und ihr mit gedämpfter Stimme etwas zumurmelt. Die Schmidt wird blass, nickt, schüttelt ungläubig den Kopf, sagt etwas zurück, nickt wieder.

Schließlich dreht der Direktor sich der Klasse zu. Schaut auf einen Zettel.

„Hannes Rieder, Maximilian Lechtaler, Stefan Tenka?"

Absolute Stille. Kein Stuhl knarzt, kein Papier raschelt, kein Flüstern, nichts.

Es ist, als würde die Zeit für einen Moment die Luft anhalten.

Der Hohensteiner schaut erwartungsvoll in die Runde. Hannes aus der ersten Reihe hebt zögernd die Hand. Es folgt die Hand von Max und schließlich bemüht auch Tenka seinen Arm in die Luft. Der Direktor nickt kurz, wirft der Schmidt ein schnelles „Entschuldigen Sie die Störung, Frau Kollegin“ hin und bedeutet den dreien, ihm zu folgen.

Als sich die Tür hinter ihnen schließt, bricht, wie zu erwarten, die totale Aufregung los. Eine Mischung aus Empörung, Ratlosigkeit und grenzenloser Neugier greift um sich.

„Was war das denn?“ Tatjana ist außer sich.

„Silence please!“

Die Schmidt mahnt zur Ruhe. Versucht, die Situation in den Griff zu kriegen.

„Page thirtytwo, exercise five. Eliah, could you please read out the task?“

Immer noch Gemurmel. Bücher werden aufgeschlagen. Seiten geblättert.

„Eliah?“, wiederholt die Schmidt ungeduldig.

Der brummelt was vor sich hin, greift sich dann sein Buch und liest: „Past or past perfect. Fill in the correct tenses.“ Und so weiter.

Interessiert mich alles nicht. Meine Gedanken kreisen nur um den Hohensteiner.

Irgendetwas ist da passiert und ich habe ein ganz übles Gefühl im Bauch.

Mein Blick bleibt an Phillips leerem Stuhl hängen.

Und da begreife ich schlagartig. Das alles ist kein Zufall.

„Shirin," flüstere ich, „ich glaube, die haben irgendwas mit Phillip gemacht!"

4

„Sie sind verbunden mit der Sprachbox von *Phillip*. Bitte hinterlassen Sie Ihre Nachricht nach dem Signalton!"

„Hallo, Phillip. Ist alles okay? Warum hebst du nie ab? Shirin meint, du bist sicher nur krank, aber ich weiß nicht ... Vielleicht denkst du, ich spinne, aber ... Bitte, ich will nur wissen, ob es dir gut geht. Also, ruf mich zurück, okay? Ja. Dann. Tschüs."

Ich lasse das Telefon sinken. Halte es mit beiden Händen in meinem Schoß, Display nach oben. Und warte. Warte. Warte.

Den ganzen Nachmittag warte ich schon.

Starre auf dieses schweigende Ding, das nicht und nicht läuten will.

Mamas Schlagzeug wummert. Also ist es schon nach acht.

Ich schaue aus dem Fenster, sehe rosa Dämmerlicht, schaue wieder auf das Telefon und warte weiter, bis da Sterne am Himmel sind und ich Hunger kriege.

Papa ruft von unten, ob ich mitessen will.

Wahrscheinlich hat Shirin Recht und Phillip liegt einfach mit Grippe im Bett.

Ja, denke ich. Wahrscheinlich.

Also rufe ich zurück: „Komme!“ Stehe auf, tapse die Stufen runter ins Café.

Papa hat Suppe gekocht, teilt Löffel aus.

Und oben in der Zimmerhöhle wartet einsam das Telefon weiter vor sich hin.

5

„Alles okay?“ Mama dreht sich zu mir um.

Ich habe den Kopf an die Scheibe gelehnt und starre durch die Häuser hindurch, die sich an mir vorbeischieben.

„Mmm“, mache ich, aber was das heißen soll, weiß ich selber nicht.

Der Bus schaukelt uns durch den Morgen, biegt auf den Parkplatz des Klinikums und fährt nach hinten bis zur Haltestelle neben dem Eingang.

Mama streicht mir über die Wange und greift sich ihre Handtasche.

„Komm! Wir sind da.“

Draußen riecht die Luft nach Flieder.

Mama nimmt mich bei der Hand und ich bin froh, dass ich einfach nur neben ihr hertrotten muss.

Radiologie, Onkologie, Neurologie, Bettenhaus eins, Bettenhaus zwei, Nuklearmedizin. Meine Lungen werden mit jedem Schritt enger.

Wir gehen durch Schiebetüren und Gänge, vorbei an einem Kaffeeautomaten, durch noch mehr Schiebetüren und noch mehr Gänge.

Irgendwann sind wir in einem weißen Raum mit orangen Plastiksesseln und da sitzt Beere, die Arme auf die Knie gestützt, das Gesicht in den Händen vergraben.

„Beere?“

Er schaut hoch, steht auf, kommt auf uns zu.

„Hallo Svenja.“

Mama nimmt Beere in die Arme.

„Ist Linda gar nicht da?“

„Auf dem Klo“, sagt Beere knapp und reibt sich das Gesicht.

Sein Blick fällt auf mich.

„Hey, Bienchen. Na?“ Er lächelt müde.

„Hey“, sage ich.

„Wie sieht’s aus?“, fragt Mama.

Beere schaut auf sein Handy.

„Er ist jetzt seit ungefähr einer halben Stunde im OP.“

Mama nickt.

„Weiß man schon irgendwas?“

Beere schüttelt den Kopf, zuckt mit den Schultern.

„Wahrscheinlich kann man da jetzt noch nichts sagen.“

„Aber wie lange rechnen sie, dass es dauert?“

Wieder Schulterzucken.

„Keine Ahnung, schätze, das wird schon noch eine Zeit gehen.“

Beere lässt sich wieder in seinen Plastiksitz fallen und sinkt in sich zusammen.

Mama setzt sich neben ihn, nimmt seine Hand.

„Wir haben die letzten Nächte kaum geschlafen", sagt er. „Ich bin völlig fertig."

„Es wird alles gutgehen, du wirst sehen."

Beere nickt.

„Kannst du mir einen Gefallen tun, Svenja?"

„Sicher."

„Wenn Linda kommt, sagst du ihr, dass ich schnell in die Cafeteria bin. Ich brauche Koffein."

Er grinst ein bisschen.

„Ja. Klar. Sag ich ihr."

Mama zippt ihre Handtasche auf.

„Nimmst du mir auch was mit?"

Ihre Hand gräbt sich an Schminksachen, Schlüssel, Handy und Zeug vorbei, findet die Geldbörse, hält Beere einen Fünfer hin.

„Einen Milchkaffee, wenn's gibt."

Beere nickt.

„Du auch was, Biene?"

„Ich komme mit!", beschließe ich und gehe voraus, bevor jemand etwas dagegen sagen kann.

Die Cafeteria ist hell vom Sonnenlicht und es riecht gut nach Kaffee und Gebäck.

Beere zieht einen Becher aus der Halterung, hält ihn unter die Espressomaschine, drückt den Knopf.

Kaffee rinnt aus der Düse, Milch dazu.

Und dann das Ganze noch einmal.

„Du auch?"

Beere schaut mich fragend an.

„Nein, danke."

„Kakao gibt's auch", versucht er und diesmal nicke ich dankbar.

Er nimmt das Tablett mit den Bechern. Geht zahlen.

Ich lasse mich auf einen der Sessel sinken.

Sehe Beere an der Kasse, sehe ihn zurückkommen, die Getränke vor sich hertragend.

Vor mir steht ein kleines Tischchen. Beere stellt das Tablett ab. Setzt sich ebenfalls.

Fischt nach dem Handy, schaut auf die Zeit. Dann schaut er mich an.

„Schön, dass du mitgekommen bist, Biene."

„Ja", sage ich, „hat Mama so entschieden."

Beere nickt.

Sein Blick schweift ab und zum Fenster raus.

„Schon komisch", murmelt er und rührt in seinem Kaffee, „dass das Leben da draußen ganz normal weitergeht."

Dann wird er still.

Und ich weiß nicht, was ich sagen soll.

Auf dem Tisch liegt eine laminierte Speisekarte.

Ich ziehe sie zu mir her. Starre Löcher hinein.

Schinken-Käse-Toast: 4,50 Euro,

Frankfurter mit Senf und Gebäck: 4,00 Euro,

Topfenstrudel mit Vanillesauce: 6,00 Euro.

Das Schweigen macht mich nervös und ich fange an, mit den Fingernägeln die Folie an der oberen Ecke zu bearbeiten, bis sie sich zu lösen beginnt.

Und wahrscheinlich hätte ich das ganze Ding vollkommen zerstört, wenn wir da noch länger gesessen wären, aber irgendwann sagt Beere:

„Na gut."

Steht auf. Wieder Blick aufs Handy. Seufzen.

„Diese Warterei macht mich verrückt", sagt er. „Dieses Nichtwissen, wie es weiter geht."

Er schüttelt die Gedanken fort. Greift nach den Kaffeebechern.

„Hast du Angst?", frage ich.

Beere schaut überrascht. Dann nickt er.

„Ja", sagt er. „Scheißangst."

Wir gehen nebeneinander den Flur entlang.

„Ich weiß echt nicht, was ich tun würde, wenn ..." Er schafft es nicht, den Satz zu beenden.

„Ich meine, ich hab nie an Gott geglaubt. Aber jetzt ... Gestern hab ich sogar *gebetet*."

Er muss lachen, aber es klingt gequält.

„Ich habe Opa gebeten, dass er auf Jan aufpasst", bricht es plötzlich aus mir heraus.

Beere zieht die Augenbrauen hoch.

„Also falls er stirbt.“

Beere schüttelt verständnislos den Kopf. Schaut mich fragend an.

„Okay“, sage ich, weil ich einsehe, dass das alles ziemlich wirr klingt.

„Das ist jetzt eine längere Geschichte.“

Beere zuckt mit den Schultern.

„Vergeht wenigstens die Zeit.“

„Also gut“, sage ich. Und fange an zu erzählen.

Als ich fertig bin, sagt Beere lange nichts.

Und ich werde unsicher, weil ich seinen Blick nicht deuten kann.

Dann aber nimmt er meine Hand. Drückt sie. Und seine Stimme ist sanft und warm.

„Danke, Biene.“

„Bitte“, antworte ich automatisch, obwohl ich nicht genau weiß, was er meint.

Eine Schiebetür schwingt auf und wir sind zurück.

Mama kriegt ihren Kaffee.

Neben ihr sitzt Linda mit einer kleinen Wasserflasche in der Hand, die sie aufschraubt und wieder zu und auf und wieder zu. Beere stellt sich hinter sie und beginnt ihr sanft die Schultern zu massieren. Sie lächelt schwach und lehnt sich an ihn.

„Gibt es was Neues?“

Linda schüttelt den Kopf, kaut nervös an ihrer Unterlippe herum.

An der Wand gegenüber hängt eine große Uhr und wir sitzen da aufgereiht auf knallorangen Plastiksesseln und starren auf die Zeiger, die leise vor sich hin ticken.

Eine Putzfrau kommt, schiebt ihren Wagen an uns vorbei.

Und ich denke an Phillip, und ob der wohl heute in der Schule ist.

6

„Sie sind verbunden mit der Sprachbox von *Phillip*. Bitte hinterlassen Sie Ihre Nachricht nach dem Signalton!“

„Hey, Phillip. Biene hier. Du hast ja gesagt, ich soll dir Bescheid geben, wegen Jan. Also, so wie es aussieht, ist alles gut. Sie haben ihn heute operiert und es ist alles gut. Wollt ich dir nur sagen. Also. Dann.“

7

„Biene!“ Shirin passt mich in der Garderobe ab.

„Hi“, sage ich, ohne mich zu ihr umzudrehen, kicke meine Turnschuhe in den Spind, schlüpfe in meine Schlapfen, will rauf in die Klasse.

Dann aber sehe ich Shirins Gesicht und merke sofort, dass etwas nicht stimmt.

„Was ist?“

Ihr Blick ist todernst.

Sie nimmt mich am Arm, zieht mich durch das morgendliche Gedränge hindurch aufs Mädchenklo. Ich rümpfe die Nase. Rieche Deo, Putzmittel, Zigaretten, Urin.

Shirin zieht die Tür zu. Schaut in die Kabinen, ob da auch niemand ist, der lauschen könnte.

„Was ist?“, frage ich noch einmal. „Du machst mich ganz verrückt!“

„Hör zu“, raunt Shirin und schaut mich eindringlich an. „Ich will nicht, dass du es von Tatjana oder einer ihrer Tratschtanten erfährst.“ Sie schluckt und holt Luft.

„Jetzt sag schon!“

„Es geht um Phillip.“

Mir wird augenblicklich schlecht.

„Was ist mit ihm?“, stammle ich.

„Also, das ist alles nur ein Gerücht, darum flipp nicht gleich aus, okay? Aber angeblich haben Tenka, Max und Hannes ihm am Dienstag nach dem Nachmittagsturnen in der Umkleidekabine aufgelauert. Phillips Vater hat beim Hohensteiner angerufen und gesagt, die hätten Phillip festgehalten und ihm die Hose runtergezogen, um zu schauen, ob sein – na du weißt schon – ob sein Pimmel auch so dünn ist wie er selber."

„Was?"

„Ja. Tenka streitet natürlich alles ab, sagt, dass Phillip ein scheiß Lügner ist und das alles nicht stimmt. Ich weiß das alles auch nur von Tatjana, und die glaubt natürlich, was Tenka sagt. Lässt sich lautstark darüber aus, was der Milchbubi für ein Assi ist und dass der sich nicht anders wehren kann, als damit, sich Lügen auszudenken. Keine Ahnung. Ich wollte nur, dass du das weißt."

„Aber", setze ich an, weiter weiß ich nicht.

Shirin streicht mir vorsichtig über den Arm.

„Hör zu, ich glaube diesen ganzen Mist mit den Lügen nicht, aber der Hohensteiner hat gestern auch die Eltern von Tenka, Max und Hannes in die Schule zitiert und die haben anscheinend ziemlichen Wirbel gemacht, von wegen, dass ihre lieben Söhne so etwas nie tun würden und wie lächerlich diese Anschuldigungen seien."

„Und Phillip?", frage ich.

Shirin schüttelt den Kopf. „War wieder nicht da."

Ich merke, wie die Wut in mir aufsteigt.

„Und Max?“, gifte ich. „Der hat da mitgemacht?“

Shirin wehrt ab. „Schau mich nicht so an!“

„Von wegen, Max ist okay.“

Mit einem Mal fühle ich mich schrecklich hilflos.

„Max hat Schluss gemacht“, sagt Shirin bitter.

„Was? Wann?“

„Vorgestern. Nach der Schule. Erst hat er herumgesponnen, ich solle ihn in Ruhe lassen, nur weil ich gefragt habe, was los war und was der Hohensteiner von ihnen wollte. Er hat gemeint, dass mich das nichts angeht und dass ich ihn nicht nerven soll. Und später, da war ich schon daheim, hat er mir geschrieben, dass es aus ist. Einfach so. Ohne Grund. Seitdem redet er kein Wort mehr mit mir. Also, schau mich nicht so an, als wäre das alles meine Schuld!“

„Das tut mir leid“, sage ich.

„Ja. Mir auch.“

Sie lässt müde die Schultern sinken.

„Shirin.“

So geknickt habe ich sie noch nie gesehen.

„Keine Ahnung, Biene, es ist einfach alles ziemlich blöd gerade.“

Sie seufzt. Zuckt mit den Schultern.

„Hast du ihn heute schon gesehen?“, frage ich.

„Wen? Max?“

Ich sage nichts. Natürlich meine ich nicht Max.

„Ach so, Phillip. Nein."

Shirin schüttelt den Kopf.

„Ich glaube auch nicht, dass der kommt. Stell dir vor, *dir* wäre das passiert und jetzt redet die ganze Schule darüber."

Sie hat Recht.

Und ich habe es satt, zu warten.

„Sag mal, bist du eigentlich mit dem Rad da?"

Shirin schaut verwirrt.

„Ja, wieso?"

„Kann ich es mir leihen?"

„Wie? Jetzt?"

Shirin zieht die Augenbrauen hoch. Dann grinst sie.

„Was hast du denn vor?"

Ich grinse zurück.

Sie versteht. Nickt.

„Lehnt an der Laterne", sagt sie.

„Danke", sage ich.

Die Tür geht auf und zwei aus der Oberstufe kommen rein. Kichern. Machen sich vor dem Spiegel breit. Wir steuern an ihnen vorbei zur Tür und raus.

„Biene?"

„Was?"

Shirin stupst mir mit dem Zeigefinger gegen die Nasenspitze.

„Grüß das Milchbubi schön."
Ich lächle. Und es läutet zur Stunde.
„Sehen wir uns nach der Schule?"
„Ich warte im Park!"
Ich werfe Shirin eine Kusshand hin. Und sie: „Biene?!"
„Was noch?"
Etwas Glitzerndes baumelt von ihrem Zeigefinger.
„Fahr-rad-schlüs-sel!"

8

Während ich in die Pedale trete, frage ich mich, ob das gerade eine gute Idee ist.

Ich hab noch nie die Schule geschwänzt und was Mama davon halten wird, darüber will ich gar nicht nachdenken. Aber jetzt ist es ohnehin zu spät. Jetzt stehe ich schon unten vor dem Haus. Läute. Es knackt in der Gegensprechanlage und die Tür wird mit einem langen Summen entriegelt.

Ich laufe die Stiegen hinauf.

Oben am Treppenabsatz erscheint ein blasses Gesicht.

Mit rotblonden verstrubbelten Haaren und unrasiert.

„Hallo“, sagt es leise. „Phil ist nicht da.“

Ryans Stimme ist kratzig und müde.

„Wo ist er?“

Ryan fährt sich seufzend durch die Frisur.

„Bei Maureen.“

„Und wann kommt er wieder?“

Ryan schüttelt den Kopf.

„Gar nicht. Maureen bringt ihn dann gleich zur Schule.“

„Zur ...?“

„Ja. Wir haben einen Termin beim Direktor.“

„Okay. Ja. Danke. Ich ...“

Ryan nickt.

Ich zögere, weiß nicht recht was ich jetzt tun soll.

„Hast du kurz Zeit?“, fragt er und hält einladend die Wohnungstüre auf.

„Dauert nur eine Minute“, bittet Ryan. „Ich würde dir gern was zeigen.“

Die Luft in der kleinen Wohnung ist abgestanden. In der Spüle stapelt sich Geschirr.

Ryan öffnet den Schrank über der Abwasch, aber der ist leer. Also befreit er zwei Gläser aus dem Geschirrberg und spült sie unter der Wasserleitung sauber. Holt ein Tetrapak aus dem Kühlschrank. Schenkt uns Orangensaft ein.

„Danke“, nuschle ich und trinke.

Ryan betrachtet mich aus freundlichen, wachen Augen.

„Komm!“, sagt er schließlich, stellt sein Glas auf die Anrichte. Wartet, bis ich ihm folge.

Dann drückt er die Tür zu Phillips Zimmer auf.

„Phil hat die letzten zwei Tage mit nichts anderem verbracht. Er hat wie ein Irrer daran gearbeitet.“

Die Vorhänge sperren die Sonne aus, aber ich sehe es trotzdem sofort.

Die Wand in Phillips Zimmer, die beim letzten Mal noch weiß und leer war, ist jetzt von oben bis unten mit verschlungenen Ornamenten bemalt.

Ich schlucke, als ich erkenne, was es ist.

Für einen Moment setzt mein Herz aus.

„Die Elfenschrift“, flüstere ich und lasse meinen Blick fasziniert über die Zeichen wandern.

„Das ist …!“

Ryan lächelt müde. „Ja“, sagt er. „Er hat Talent.“

Die feinen Linien der Symbole fließen schwungvoll ineinander, allesamt in Schwarz gehalten.

Nur in der Mitte der Wand, unterhalb des Fensters ist eine einzelne Zeile farbig:

Eine Reihe tintenblauer, miteinander verschränkter Kreise.

„Bedeutet das was?“, will Ryan wissen.

Ich nicke nur.

Mein Kopf ist plötzlich ein einziges Karussell. Alles beginnt sich zu drehen.

„Wieso haben Sie mir das gezeigt?“

Mit einem Mal fühle ich mich sehr unbehaglich bei dem Gedanken, dass er Phillip bestimmt nicht um Erlaubnis gefragt hat.

Ryan zuckt mit den Schultern.

„Ich habe das Gefühl, dass es etwas mit *dir* zu tun hat.“

„Ich glaube, ich geh jetzt besser“, sage ich schnell.

Ryan nickt. „Gut, dann.“ Schaut auf die Uhr. Stutzt.

Offenbar fällt ihm jetzt erst auf, dass ich nicht in der Schule bin.

„Hättest du nicht eigentlich Unterricht?“

„Freistunde“, lüge ich.

Ryan schmunzelt und belässt es dabei.

„Ich muss mich ohnehin auch auf den Weg machen“, sagt er.

Er bringt mich zur Tür und drückt mir die Hand.

„Soll ich Phillip etwas ausrichten?“

Ich überlege, dann schüttle ich den Kopf.

„Nein“, sage ich. „Aber danke.“

Ich schlüpfe in das kühle Treppenhaus, stoße die Haustüre auf.

Draußen sticht mir die Sonne ins Gesicht.

Ich lasse mich neben dem Fahrrad auf den Gehsteig sinken, vergrabe den Kopf im Schatten zwischen meinen angewinkelten Knien und warte, bis die Gedanken aufhören sich zu drehen.

9

Es ist immer noch Vormittag. Ich habe keine Uhr. Aber ich schätze, es wird so gegen elf sein.

Vielleicht sitzt Phillip genau jetzt mit Ryan beim Hohensteiner im Büro, kriegt ein stilles Wasser hingestellt, der Hohensteiner hinter einer Mappe mit Notizen, putzt seine Brille und lässt sich von Phillip noch einmal alle Details schildern. „Und du bist dir sicher, dass es sich genau so zugetragen hat?“

Ich bahne mir meinen Weg durch das hohe Gras. Ich weiß nicht genau warum, aber das hier ist der einzige Ort, an dem ich jetzt sein will.

Ich ziehe die Schuhe aus und taste mich den Stamm entlang. Sehe unter mir erste Lichtreflexionen. Höre Blätter rauschen. Spüre die warme Sonne auf meinem Rücken.

Ganz vorne in der Astgabel lasse ich mich nieder. Schweißtropfen laufen mir über die Stirn und mein T-Shirt klebt an mir wie eine zweite Haut. Ich ziehe es aus und hänge es an einen der Zweige. Blicke um mich. Aber hier ist niemand, der mich beobachten könnte, außer ein paar Fröschen oder Vögeln oder Mücken. Also ziehe ich auch die Hose aus.

Etwas Hartes steckt in der Tasche.

Ich taste danach. Es ist Shirins Fahrradschlüssel.

Ich hole ihn heraus.

Hänge die Hose neben das Shirt.

Blinzle gegen den blauen Himmel.

Eine Weile sitze ich so da, halbnackt, mit dem Schlüssel in der Hand, die Augen geschlossen, und lasse mir vom Sonnenlicht die Sommersprossen auf der Nase küssen.

Warte, ohne zu wissen worauf.

Die Gedanken ziehen mit den Wolken.

Irgendwann beginne ich, mit dem Schlüssel in die dunkle Rinde zu ritzen.

Einen Kreis und noch einen und noch einen.

Eine ganze Reihe in sich verschränkter Kreise.

Freunde für immer.

Ich weiß, Phillip wird meine Nachricht früher oder später hier entdecken.

Ich stecke den Schlüssel zurück in die Hosentasche, stütze mich mit den Armen zwischen zwei starken Ästen ab. Die Zehen baumeln über dem glitzernden Wasser.

Ich hole tief Luft und lasse mich fallen.

10

Shirin lehnt im Schatten unter einem Baum.

Ich drücke das rostige Gittertor auf. Winke.

Sie sieht mich und läuft mir entgegen.

Der kleine Park hinter der Schule ist mit Gestrüpp zugewachsen. Eine Schaukelstange steht da, aber ohne Schaukel dran. Daneben eine morsche Bank.

Shirin klettert auf die Lehne.

„Also, erzähl!“

Sie schaut mich erwartungsvoll aus ihren dunklen Augen an.

Ich schüttle den Kopf.

„Er war nicht da“, sage ich und lasse mich ins Gras sinken.

„Hab ich mir schon gedacht“, bemerkt Shirin und zieht den Mund spitz.

„Wieso?“

„Max hat gesagt, dass er Phillip heute nach Musik vor dem Konferenzzimmer gesehen hat.“

Ich ziehe überrascht die Augenbrauen hoch.

„Max?“

Shirin unterdrückt ein Lächeln. Greift in meine feuchten Haare und zwirbelt eine Strähne zwischen ihren zierlichen Fingern.

„Warst du schwimmen?“

„Wechsle nicht das Thema! Also? Was ist mit Max?“

„Na ja.“

Shirin zieht eine Packung Kaugummi aus der Tasche, lässt drei Dragees in ihre Hand rieseln. Hält sie mir hin.

„Danke.“ Ich nehme eines.

Die anderen beiden wandern in Shirins Mund.

„Ich glaube“, sagt sie kauend, „Max hat Angst.“

„Angst? Wovor?“

„Na, dass die ganze Sache ans Licht kommt. Er ist heute nach der großen Pause zu mir und hat gemeint, er will mit mir reden.“

„Ach!“, bemerke ich schnippisch.

„Erst hat er herumgedruckst, irgendwas, dass es ihm leid täte und dass er mit dieser ganzen Geschichte in der Ukleidekabine mit Phillip nichts zu tun habe. Dass ich ihm das bitte glauben muss. Ich schwöre, das war alles Tenkas Idee, hat er gesagt und ich hab gedacht, jetzt fängt der gleich an zu heulen. Jedenfalls behauptet Max, dass er nichts getan hat.“

„Und das glaubst du ihm?“, frage ich bissig.

Shirin verspannt sich.

„Ja. Schon.“

Sie lässt schnalzend den Kaugummi platzen.

„Aber das macht es nicht besser und das hab ich ihm auch gesagt. Er war schließlich dabei und er hat Tenka gedeckt, anstatt dem Hohensteiner die Wahrheit zu sagen.“

Sie zuckt die Schultern.

„Ich glaube, er weiß selber, dass er ziemlich in der Scheiße steckt. Und irgendwie tut er mir leid."

Bei Shirin reicht ein Blick und ich weiß, was sie denkt.

Ich lächle.

„Meinst du, ihr kommt wieder zusammen?"

Shirin rümpft demonstrativ die Nase.

„Bitte nicht!"

Sie kichert. Legt den Kopf schief. Und fügt verlegen hinzu: „Wobei, wer weiß das schon?"

Dann drückt sie sich hoch, schwingt sich von der Bank und angelt sich ihren Rucksack.

„Kommst du noch mit zu mir?"

Ich überlege einen Augenblick. Denke daran, dass ich Mama heute noch beichten muss, dass ich nicht in der Schule war und dass das für meinen Geschmack auch noch bis zum Abend warten kann. Also sage ich: „Ja." Und: „Kann ich mit deinem Handy kurz daheim anrufen?"

Shirin reicht mir das Telefon und ich gebe Papa Bescheid.

„Ist gut, Biene", sagt er und ich verspreche, um sieben zuhause zu sein.

Wenig später sitzen wir bei Shirin im Wohnzimmer auf der Couch. Shirins Mama bügelt. Im Fernsehen läuft die Millionenshow, aber man versteht nichts wegen der Musik aus Paris Zimmer.

Shirin tippt wie eine Wilde auf ihr Handy ein. Bubble-Shooter.

Navid fläzt vor dem Fernseher, mampft Kartoffelchips und rät die Antworten.

„B“, sagt er und deutet auf den Bildschirm.

Ich lese die eingeblendete Frage und die vier verschiedenen Möglichkeiten und habe keine Ahnung. Interessiert mich auch nicht, welcher Holywood-Schauspieler dieses Jahr fünfzig wird. George Clooney wird eingeloggt, ist aber falsch.

„B!“, jubelt Navid und fetzt einmal geräuschvoll durchs Zimmer, als hätte er gerade die Million gewonnen. Pari knallt genervt die Zimmertür zu. Shirins Mama legt Hemden zusammen und Shirin tippt.

Ich lehne mich in die weiche Couch und denke nach.

Denke an Phillip.

Wie es ihm wohl geht.

Und wieso er sich nicht mehr meldet.

Wenn ich ihm so egal bin, wieso pinselt er dann *Biene und Phillip, Freunde für immer* in Elfenschrift an seine Zimmerwand? Freunde! Für immer!

Warum ruft er dann nicht an?

Ist es ihm peinlich? Das was passiert ist?

Dass Tenka ihm die Hose runtergezogen hat?

Dass ich davon weiß?

Und überhaupt, was wird jetzt?

Nach dieser ganzen Geschichte. Wie geht es weiter?

Ich stelle mir vor, wie sie die Frage am unteren Bildrand einblenden und dann vier Kästchen mit Auswahlmöglichkeiten erscheinen.

Die große Frage, die Eine-Million-Euro Frage:

Wie geht es weiter?

A: Es passiert gar nichts.

Was auch? Es sind nicht einmal drei Wochen bis Schulschluss, was soll da schon groß passieren? Der Hohensteiner verspricht, die Situation im Auge zu behalten und die üblichen Schritte einzuleiten. Gespräche mit Eltern, Lehrern und so weiter.

„Mehr kann ich im Moment nicht tun", sagt er. Lehnt sich in seinem weichen Bürosessel zurück und lässt sich von seiner Sekretärin frischen Kaffee bringen.

Spätestens nach den Ferien, so sagt er sich, wird die ganze Geschichte ohnehin Schnee von gestern sein. Wozu sich also unnötig aufregen?

Und es ist Sommer und dann Herbst und die Schule fängt wieder an und Tenka sagt:

„Na, Milchbubi, schicker Pullover. Ist der von der Caritas?"

Und Tatjana kichert und Phillip wird blass und klein und stumm und alles geht wieder von vorne los.

B: Rache!

„Kannst du dich erinnern, ich hab dir doch von dieser Party erzählt."

Shirin kann vor lauter Aufregung kaum ruhig sitzen.

Die Idee ist ihr gestern Abend gekommen, und jetzt hocken wir, also Shirin, Phillip und ich bei Zahnpastasaft und Streuselkuchen im Leguan und sie weiht uns in ihre durchtriebenen Rachepläne ein.

„Also: Wir klauen das Foto aus dem Album, du weißt schon, das wo der kleine Tenka am Töpfchen sitzt."

Sie grinst dämonisch.

„Dann machen wir Kopien davon und pflastern damit die ganze Schule zu! Was sagt ihr? Stellt euch nur mal Tenkas Gesicht vor!"

C: Max macht nicht mehr mit

Tenka steht in der Turnsaalgarderobe und wiegt eine rote Plastikflasche in der Hand.

„Hab ich vom Buffet mitgehen lassen“, sagt er und grinst.

„Vergiss es!“, sagt Max.

„Was soll das heißen?“

Tenka zieht die Augen zu schmalen Schlitzen.

„Spinnst du jetzt oder wie? He, das wird zum Brüllen, wirst sehen.“

Aber Max bleibt dabei.

„Ohne mich. Wenn du das lustig findest, dann mach, aber ich will damit nichts mehr zu tun haben, okay?!“

„He, das ist nur Ketchup, das kriegt seine liebe Mami bestimmt wieder sauber.“

Tenka deutet auf Phillips Hose, die da sorgfältig am Haken hängt.

Aber Max schüttelt nur den Kopf und geht ohne ein weiteres Wort zurück in den Turnsaal.

Wutschnaubend pfeffert Tenka die Ketchupflasche in die Ecke.

„Scheiß Spielverderber!“

D: Ein neuer Anfang

Das Schuljahr geht zu Ende, aber Phillip taucht nicht mehr auf.

Einmal treffe ich Ryan zufällig im Supermarkt.

„Phil ist die Ferien über in Irland“, sagt er. Lädt Cornflakes, Mineralwasser und Essiggurken in den Einkaufswagen. „Maureen hat dort ein Haus.“

„Ah“, sage ich einsilbig.

Ryan packt noch einen Sack Äpfel dazu.

„Hat er sich eigentlich mal bei dir gemeldet seit …“ Kurze Pause. „Du weißt schon, seit dieser Sache mit Tenka?“

Ich schüttle den Kopf und merke, wie es mir beim Gedanken daran einen kleinen Stich gibt.

„Verstehe“, murmelt Ryan und schaut mich mitfühlend an. „Dann weißt du also auch nicht, dass er die Schule wechseln wird.“

„Was?“ Ungläubig starre ich ihn an.

Ryan fährt sich nervös über den Bart. Sucht nach Worten.

„Es war Phils Idee.“ Es klingt fast nach einer Entschuldigung.

„Aber vielleicht ist das auch wirklich die bessere Lösung.“

Ich stehe da mit meinen Semmeln und zwei Litern Milch und Gurke und Erdbeerjoghurt und was mir Papa sonst noch aufgeschrieben hat und weiß nicht, was ich denken soll.

Ich glaube, Ryan sagt noch was wie: „War schön dich zu sehen“ und „Ich muss dann wieder.“

Lenkt seinen Wagen in die Süßwarenabteilung und ist weg.

Und ich? Ich versuche mir Phillip vorzustellen.

Phillip im Herbst.

In der neuen Schule. In einer neuen Klasse. Mit neuen Freunden.

Sehe ihn ausgelassen, fröhlich plaudernd zwischen ein paar anderen im Pausenhof sitzen, sein breites Grinsen, die strubbeligen Haare.

Phillip im Herbst.

Phillip ohne Biene.

Aber vielleicht –

Ich höre Ryans Stimme in meinem Kopf:

„Vielleicht ist das auch wirklich die bessere Lösung.“

11

Publikums-Joker, denke ich.

„Navid?“

Navid hat die Backen voller Chips.

„A, B, C, oder D?“

„C!“, bringt er Brösel spuckend hervor, ohne sich groß zu wundern, und widmet sich wieder dem Fernsehgerät.

Ich nicke. „Okay, dann logge ich das ein.“

Shirin schaut von ihrem Handy hoch.

„Was war die Frage?“

„Wie es jetzt weiter geht“, sage ich.

„Und?“

„Navid meint C.“

Shirins Stirn wirft Falten.

„Ich muss das nicht verstehen, oder?“

„Nein“, sage ich und lege meinen Kopf auf ihre Schulter.

12

Und das war's. Das ist meine Geschichte. Morgen beginnen die Ferien.

Jockel wird für ein paar Tage mit einem kleinen Kutter den Fluss runter tuckern. Er hat gemeint, wenn ich Lust habe, kann ich gern mit.

Und Mama hat es sogar erlaubt. Allerdings unter der Bedingung, dass ich jeden Tag anrufe.

Sie und Papa haben nämlich beschlossen, dass ich zum Schulschluss ein eigenes Handy kriege. Sie haben gelesen, dass man Mobiltelefone jetzt schon überall orten kann und damit wüssten sie immer ganz genau, wo ich mich gerade herumtreibe.

Mama war ziemlich durch den Wind wegen neulich, weil ich die Schule geschwänzt und stattdessen bei Ryan und in der Au war. Das nur zur Erklärung.

Außerdem kommt Jan nächste Woche aus dem Krankenhaus und Beere und Linda wollen eine große Jubel-Party für ihn im Leguan geben, mit Eiscreme, Torte, Musik und so.

Beere war übrigens neulich wieder einmal im Café und hat sich ein extragroßes Flammen-Tattoo von mir gewünscht.

Shirin fliegt mit ihren Eltern den Sommer über zu Verwandten.

Sie und Max verstehen sich wieder, aber verliebt ist sie nicht mehr, behauptet sie zumindest.

Und Phillip?

Ich weiß es nicht.

Fast drei Wochen ist das alles jetzt her. Und er hat sich immer noch nicht gemeldet.

Mama sagt, sowas braucht seine Zeit, aber ehrlich, manchmal glaube ich, dass er mich vielleicht doch einfach vergessen hat.

Frau Almut schüttelt fast schon belustigt den Kopf.

„Vergessen, so ein Blödsinn!"

Die Sonne brennt vom Himmel und selbst unter den grünen Schirmen draußen vorm Leguan ist es brütend heiß. Frau Almut hat ein bunt geblümtes Seidentuch um ihren Kopf geschlungen. Die große runde Sonnenbrille auf ihrer mächtigen Nase und neben sich ein Mokkatässchen, so sitzt sie mir gegenüber, fächert sich Luft zu und legt ihre Tarot-Karten vor sich aus.

„Gut", sagt sie. „Dann wollen wir mal sehen."

Ihre Hand kreist über dem Tischchen wie ein Falke über seiner Beute und schließlich deckt sie eine Karte nach der anderen auf. Dabei raunt sie geheimnisvoll: „Ah!" und „Mhm!"

„Was ist?!"

Ich wippe ungeduldig mit den Beinen auf und ab, kaue am Strohhalm meines Eistees herum.

„Biene, Biene!“

Almut schiebt ihre Brille etwas nach vorne, glubscht mich über den Goldrand hinweg mit vielsagenden Blicken an und kichert.

„Es wird turbulent!“

Ich muss grinsen, weil fast alle ihre Voraussagen genau so beginnen, will etwas erwidern, aber da dreht sie bereits die nächste Karte um.

„Oho!“, entfährt es ihr und die Stimme raspelspröde wie immer. „Die Liebenden!“

Augenblicklich werde ich feuerrot und die Temperatur schnellt hoch von ohnehin schon gefühlten hundert auf mindestens siebentausend Grad. Ich verschlucke mich fast am Eistee und weiche Almuts Blick verlegen aus. Almut merkt es und zieht belustigt die Augenbrauen hoch.

„Das wird bestimmt ein aufregender Sommer“, kichert sie.

„Was ist so witzig?“, will Papa wissen, der gerade den Postkasten neben der Eingangstüre ausräumt.

„Nichts!“, rufe ich schnell und beschwöre Almut mit meinen Blicken, dass sie bitte, bitte nichts sagen soll.

Aber sie ignoriert es gekonnt und plappert munter drauf los.

„Ach, bloß die Liebe“, seufzt sie und legt den Kopf schief.

„Es sieht so aus, als ob dein Töchterchen bald Bekanntschaft mit Amors Pfeilen machen wird, Jonas."

Papa rafft die Prospekte und Briefe unter den Arm und kommt grinsend zu uns an den Tisch.

„Tatsächlich?", flötet er und besieht sich Almuts Karten. „Richtig mit küssen und so? Hoho! Allerhand! Na ja, langsam wird sie eine junge Frau, so ist das eben."

Ich wünsche mir ein großes, tiefes, schwarzes Loch im Boden, das mich auf der Stelle verschlucken soll. Aber Papa ist noch nicht fertig.

„Und das hier ist dann wohl schon ..." Er kramt umständlich in seinem Poststapel herum, fischt schließlich einen beigefarbenen Umschlag heraus, hält ihn hoch. Wedelt. „... der erste Liebesbrief?"

Er zwinkert mir zu.

„Papa!", knurre ich und nehme ihm das Kuvert aus der Hand. Drehe es von einer Seite auf die andere und werde stutzig.

Kein Absender.

Auch keine Marke.

Jemand muss den Umschlag direkt in den Postkasten geworfen haben.

Ich sehe Füllfederschrift.

Für Biene steht da.

Ich bin verwirrt. Kann es sein, dass ...

Mein Herz beginnt lauter zu pochen.

Papa stupst Almut grinsend in die Seite und flüstert ihr was zu.

Aber das alles kümmert mich nicht mehr.

Ich schnappe mir den Brief und düse nach drinnen, die Stufen hinauf und knalle die Tür meiner Zimmerhöhle hinter mir zu. Atme durch.

Im offenen Fenster klimpert leise ein Windspiel vor sich hin. Kaffeegeruch weht herein und die Vorhänge tanzen gemächlich mit dem Wind. Auf dem Fensterbrett das Serviettenschiff.

Ich mache die CD an. Lasse Musik aus den Boxen strömen.

Take a chance, take a chance, take a take a chance chance.

Werfe mich neben Ulla aufs Bett. Und öffne den Brief.

Ein einziges, kleines Blatt Papier steckt in dem Kuvert.

Der Rand ist ausgefranst, als ob jemand eine Seite aus einem Notizbuch herausgerissen hätte.

Vorsichtig falte ich es auseinander.

Schwimmen?

Mehr steht da nicht. Keine Anrede. Keine Unterschrift. Keine weitere Erklärung.

Aber das ist egal, weil das der schönste Brief meines Lebens ist.

Ich springe wie ein verrücktes Huhn vom Bett auf und hopse jubelnd durch das Zimmer, so glücklich bin ich.

Schnell schiebe ich das Papier unter Ullas karierten Plüsch, krame meine Sachen zusammen, und stolpere nach draußen.

Keine zwei Minuten später sitze ich schon auf dem Rad und trete in die Pedale. Die Straße runter. Zur Brücke. Über den Fluss. Den Pfad entlang durch das Gras.

Da sehe ich ihn.

Er hebt die Hand. Winkt.

Die Welt dreht sich in Zeitlupe und ich brauche einen Moment, um zu fassen, dass er da wirklich steht.

Dann laufe ich.

Laufe. Laufe.

Auf ihn zu.

An ihm vorbei.

Zum Wasser runter.

Er hinter mir her.

Ausgelassen.

Weiter.

Und immer weiter.